Katherine Mansfield

In einer deutschen Pension

Katherine Mansfield

IN EINER DEUTSCHEN PENSION

Aus dem Englischen
von
Ute Haffmans

Annotiert
und mit einem Nachwort
herausgegeben
von
Heiko Arntz

Haffmans Verlag
bei Zweitausendeins

Die Originalausgabe "In a German Pension"
erschien 1911 bei Stephen Swift & Co. Ltd
in London.

1. Auflage, Dezember 2006.

Umschlagbild von François Barraud: »L'intrigante«, 1931.
Gestaltung, Satz & Produktion von Urs Jakob,
Werkstatt im Grünen Winkel, CH-8400 Winterthur.
Herstellung: Offizin Andersen Nexö in Leipzig.
Printed in Germany.

ISBN-10: 3-86150-574-6
ISBN-13: 978-3-86150-574-7

Inhalt

Anhang

Deutsche beim Fleisch

Brotsuppe wurde auf den Tisch gestellt.

»Ah«, sagte der Herr Rat, während er sich über den Tisch beugte, um einen Blick in die Terrine zu werfen, »das ist genau das, was ich brauche. Mein Magen ist seit einigen Tagen nicht in Ordnung. Brotsuppe, und genau die richtige Konsistenz. Ich bin selbst ein guter Koch« – er wandte sich mir zu.

»Wie interessant«, sagte ich und versuchte genau das richtige Maß an Begeisterung in meine Stimme zu legen.

»O ja – wenn man nicht verheiratet ist, muß man das sein. Was mich angeht, so habe ich von den Frauen alles bekommen, was ich wollte, auch ohne Heirat.« Er steckte sich die Serviette in den Kragen und blies beim Sprechen auf seine Suppe. »Also, um neun mache ich mir ein englisches Frühstück, aber nicht zu üppig. Vier Scheiben Brot, zwei Eier, zwei Scheiben Schinken, einen Teller Suppe, zwei Tassen Tee – bei Ihnen wäre das ein Klacks.«

Er brachte das so vehement vor, daß ich nicht den Mut hatte, ihm zu widersprechen.

Alle Augen waren plötzlich auf mich gerichtet. Das absurde Frühstück meiner Nation legte sich wie eine Last auf meine Schultern – mir, die ich morgens beim Zuknöpfen der Bluse eine Tasse Kaffee trank.

»Ein Klacks, allerdings«, rief Herr Hoffmann aus Berlin. »Als ich in England war, was habe ich da am Morgen geschlemmt.« Er richtete Augen und Schnauzbart zur Decke und wischte die Suppenspritzer von Rock und Weste.

»Ißt man bei Ihnen wirklich so viel?« fragte Fräulein Stiegelauer. »Suppe und frisches Brot und Schweinefleisch, und Tee und Kaffee und Früchtekompott, und Honig und Eier, und kalten Fisch und Nieren, und warmen Fisch und Leber? Essen die Damen auch so viel, besonders die Damen?«

»Gewiß doch. Ich habe es selbst gesehen, als ich in einem Hotel am Leicester Square logierte«, rief der Herr Rat. »Es war ein gutes Hotel, aber Tee konnten sie nicht zubereiten – also –«

»Oh, *das* kann ich«, sagte ich und lachte hell auf. »Ich kann sehr guten Tee zubereiten. Das große Geheimnis ist, die Teekanne anzuwärmen.«

»Die Teekanne anwärmen«, unterbrach mich der Herr Rat, während er den Suppenteller von sich schob. »Wozu wärmen Sie die Teekanne?

Ha! ha! das ist sehr gut! Man ißt sie doch nicht mit, nehme ich an?«

Er heftete seine kalten blauen Augen auf mich mit einem Ausdruck, als plane er tausend Invasionen.

»Das ist also das große Geheimnis Ihres englischen Tees? Alles, was Sie machen, ist, die Teekanne anzuwärmen.«

Ich wollte sagen, daß dies nur der Vorbereitung diene, konnte es aber nicht übersetzen und schwieg deshalb.

Der Kellner brachte Kalbfleisch mit Sauerkraut und Kartoffeln herein.

»Ich esse Sauerkraut sehr gern«, sagte der Reisende aus Norddeutschland, »aber ich habe inzwischen so viel davon gegessen, daß ich es einfach nicht mehr bei mir behalten kann. Ich muß dann sofort –«

»Was für ein schöner Tag«, rief ich und drehte mich zu Fräulein Stiegelauer um. »Sind Sie früh aufgestanden heute morgen?«

»Um fünf Uhr habe ich zehn Minuten lang Tau getreten. Dann bin ich wieder ins Bett. Um halb sechs bin ich eingeschlafen und um sieben aufgewacht, und dann habe ich eine Ganzkörperwaschung vorgenommen! Danach wieder ins Bett. Um acht Kaltwasserwickel, und um halb neun habe ich eine Tasse Pfefferminztee getrunken. Um neun habe ich etwas Malzkaffee getrunken und mit meiner Kur angefangen. Reichen Sie mir bitte das Sauerkraut. Sie essen nichts davon?«

»Nein, danke. Ich finde es immer noch ein wenig streng.«

»Stimmt es«, fragte die Witwe, während sie mit einer Haarnadel in ihren Zähnen stocherte, »daß Sie Vegetarierin sind?«

»Aber ja; ich habe seit drei Jahren kein Fleisch mehr gegessen.«

»Un-möglich! Haben Sie Familie?«

»Nein.«

»Da sehen Sie's, das kommt davon! Kinder bekommen und nur Gemüse essen, das geht nun einmal nicht. Aber Sie haben in England ja ohnehin keine großen Familien mehr; ich vermute, Sie sind zu sehr mit Ihrem Frauenwahlrecht beschäftigt. Also, ich habe neun Kinder bekommen, und sie sind alle am Leben, Gott sei Dank. Prächtige, gesunde Kinder – obwohl ich nach der Geburt des ersten –«

»Wie *wundervoll*!« rief ich.

»Wundervoll«, sagte die Witwe verächtlich und steckte die Haarnadel in den Knoten, der oben auf ihrem Kopf thronte. »Keineswegs! Eine meiner Freundinnen bekam vier auf einmal. Ihr Gatte war so glücklich darüber, daß er eine

Abendeinladung gab und sie auf dem Tisch präsentierte. Sie war natürlich sehr stolz.«

»Deutschland«, dröhnte der Reisende, während er an einer Kartoffel nagte, die er auf sein Messer gespießt hatte, »ist ein Land mit Familiensinn.«

Es folgte ein anerkennendes Schweigen.

Die Teller wurden gewechselt für Rindfleisch, Johannisbeeren und Spinat. Alle wischten ihre Gabeln am Schwarzbrot ab und begannen dann von neuem.

»Wie lange bleiben Sie hier?« fragte der Herr Rat.

»Ich weiß es nicht genau. Ich muß im September zurück in London sein.«

»Sie besuchen natürlich München?«

»Dafür habe ich leider keine Zeit. Es ist wichtig, daß ich meine Kur nicht unterbreche.«

»Aber Sie *müssen* nach München fahren. Sie haben Deutschland nicht gesehen, wenn Sie nicht in München waren. Alle Ausstellungen, das ganze künstlerische und geistige Leben Deutschlands ist in München. Im August gibt es die Wagner-Festspiele, und Mozart, und eine Ausstellung japanischer Bilder – und es gibt Bier! Sie wissen nicht, was gutes Bier ist, wenn Sie nicht in München waren. Ja, man sieht da am Nachmittag feine Damen, aber wirklich feine Damen, das sage ich Ihnen, die leeren solche Gläser.« Er maß die Höhe eines stattlichen Waschgeschirrkrugs ab, und ich lächelte.

»Wenn ich größere Mengen Münchner Bier trinke, dann schwitze ich immer so«, sagte Herr Hoffmann. »Wenn ich hier bin, im Grünen oder vor meinen Bädern, schwitze ich auch, aber dann genieße ich es; in der Stadt ist das etwas ganz anderes.«

Bei dem bloßen Gedanken wischte er sich den Nacken und das Gesicht mit seiner Serviette ab und reinigte sich sorgfältig die Ohren.

Eine Glasschüssel mit Aprikosenkompott wurde auf den Tisch gestellt.

»Ah, Obst!« sagte Fräulein Stiegelauer, »das ist so wichtig für die Gesundheit. Der Doktor hat mir heute morgen gesagt, daß ich so viel Obst wie möglich essen soll.«

Und ganz offensichtlich befolgte sie den Rat.

Da sagte der Reisende: »Sie haben vermutlich auch Angst vor einer Invasion, hm? Oh, das ist gut. Ich habe in einer Zeitung alles über dieses Theaterstück in England gelesen. Haben Sie es gesehen?«

»Ja.« Ich setzte mich aufrecht. »Ich versichere Ihnen, wir haben keine Angst.«

»Nun, das sollten Sie aber«, sagte der Herr Rat. »Sie haben nicht einmal eine Armee – ein paar Jungs, deren Adern von Nikotin vergiftet sind.«

»Keine Angst«, sagte Herr Hoffmann. »Wir wollen England nicht haben. Wenn, so hätten wir es uns schon längst genommen. Wir wollen es wirklich nicht.«

Er schwenkte abschätzig seinen Löffel und schaute zu mir herüber, als wäre ich ein kleines Kind, das er nach Belieben festhalten oder fortschicken konnte.

»Wir wollen Deutschland ganz bestimmt nicht«, sagte ich.

»Heute morgen habe ich ein Sitzbad genommen. Heute nachmittag muß ich ein Kniebad und ein Armbad nehmen«, warf der Herr Rat ein; »dann mache ich noch eine Stunde lang meine Übungen, und dann ist Feierabend. Ein Glas Wein und ein paar Brötchen mit Sardinen –«

Kirschkuchen mit Schlagsahne wurde gereicht.

»Was ist das Leibgericht Ihres Gatten?« fragte die Witwe.

»Das weiß ich nicht«, antwortete ich.

»Das wissen Sie nicht? Wie lange sind Sie denn verheiratet?«

»Drei Jahre.«

»Aber das kann doch nicht Ihr Ernst sein! Sie können doch nicht seinen Haushalt führen, ohne spätestens nach einer Woche darüber Bescheid zu wissen.«

»Ich habe ihn nie danach gefragt; Essen ist ihm nicht so wichtig.«

Eine Pause. Alle sahen mich kopfschüttelnd an, den Mund voller Kirschkerne.

»Kein Wunder, daß sich die schrecklichen Zustände von Paris jetzt in England wiederholen«, sagte die Witwe und faltete ihre Serviette zusammen. »Wie kann eine Frau erwarten, ihren Mann zu halten, wenn sie nach drei Jahren noch nicht einmal seine Leibspeise kennt?«

»Mahlzeit!«

»Mahlzeit!«

Ich machte die Tür hinter mir zu.

Der Baron

»Wer ist das?« fragte ich. »Und warum sitzt er immer allein und dazu noch mit dem Rücken zu uns?«

»Ach!« flüsterte die Frau Oberregierungsrat, »das ist ein *Baron*.«

Sie sah mich feierlich an, wenn auch mit einem Anflug von Mißbilligung – einem »So-etwas-sieht-man-doch«-Blick.

»Aber der Ärmste, er kann doch nichts dafür«, sagte ich. »Diese unglückliche Tatsache sollte ihn doch nicht daran hindern, die Freuden des geistigen Austauschs zu genießen.«

Ich glaube, wenn sie nicht ihre Gabel in der Hand gehabt hätte, sie hätte sich bekreuzigt.

»Gewiß, das können Sie nicht verstehen. Er ist uralter Adel.«

Sie drehte sich weg und sprach, jetzt wirklich gereizt, mit der Frau Doktor zu ihrer Linken.

»Mein Omelett ist leer – *leer*«, protestierte sie, »und das ist das dritte, das ich probiere!«

Ich sah zu dem Baron von uraltem Adel hinüber. Er aß Salat – indem er ein ganzes Salatblatt auf seine Gabel spießte und es langsam abknabberte, wie ein Kaninchen – ein faszinierendes Schauspiel.

Er war klein und schmächtig, hatte schütteres schwarzes Haar, einen Bart und gelbliche Haut, trug stets schwarze Sergeanzüge, ein grobes Leinenhemd, schwarze Sandalen und das größte schwarze Brillengestell, das ich je gesehen hatte.

Der Herr Oberlehrer, der mir gegenüber saß, lächelte wohlwollend.

»Es muß für Sie sehr interessant sein, das alles beobachten zu können, gnädige Frau… natürlich ist dies ein *sehr gutes Haus*. Im Sommer war eine Dame vom spanischen Königshof hier; sie hatte es mit der Leber. Wir haben uns oft unterhalten.«

Ich schaute erfreut und demütig drein.

»In England, in einem *boarding house*, finden Sie nicht solch eine vornehme Gesellschaft wie in Deutschland.«

»Nein, bestimmt nicht«, antwortete ich, immer noch hypnotisiert von dem Baron, der wie eine kleine gelbe Seidenraupe aussah.

»Der Baron kommt jedes Jahr«, fuhr der Herr Oberlehrer fort, »wegen seiner Nerven. Er hat noch nie mit einem der Gäste gesprochen – *bis jetzt*.« Ein Lächeln huschte über sein Gesicht. Ich glaubte, seine Visionen vom Anbruch einer neuen Zeit zu sehen – dem berauschenden Austausch von Höflichkeiten, der herrlichen Opfergabe einer Zeitung an ihn, den Erlauchten, ein ›Dankeschön‹, das kommenden Generationen überliefert werden würde.

In diesem Augenblick kam der Briefträger, der aussah wie ein deutscher Offizier, mit der Post herein. Er warf meine Briefe in meinen Milchpudding, drehte sich dann zu einer Kellnerin um und flüsterte etwas. Sie ging hastig hinaus. Der Pensionsdirektor kam mit einem kleinen Tablett herein. Eine Ansichtspostkarte wurde darauf gelegt, und mit einer Verbeugung überreichte sie der Pensionsdirektor dem Baron.

Ich aber war enttäuscht, daß keine fünfundzwanzig Schuß Salut abgefeuert wurden.

Am Ende der Mahlzeit servierte man den Kaffee. Ich beobachtete, wie der Baron drei Stück Zucker nahm, zwei davon in seine Tasse tat und das dritte in einen Zipfel seines Taschentuchs wickelte. Er war immer der erste, der in den Speisesaal kam, und der letzte, der ihn verließ; und auf den freien Stuhl neben sich stellte er eine kleine schwarze Ledertasche.

Am Nachmittag, als ich mich aus dem Fenster lehnte, sah ich ihn auf der Straße vorbeigehen mit ängstlichem Schritt, die Tasche in der Hand. Immer wenn er an einem Laternenpfahl vorbeikam, wich er ein wenig aus, als befürchte er, von ihm geschlagen zu werden, oder vielleicht hatte er Angst vor einem plebejischen Bazillus … Ich fragte mich, wohin er wohl ginge und warum er die Tasche bei sich hatte. Nie hatte ich ihn im Kasino gesehen oder in der Badeanstalt. Er sah verloren aus, seine Füße rutschten in den Sandalen. Ich hatte Mitleid mit dem Baron.

An diesem Abend waren einige von uns im Salon versammelt, und wir sprachen aufgeregt und lebhaft über die »Kur« des Tages. Die Frau Oberregierungsrat saß neben mir und strickte einen Shawl für die jüngste ihrer neun Töchter, die in gewissen anderen, hochheiklen Umständen war … »Aber das wird schon werden«, sagte sie zu mir. »Das liebe Kind hat einen Bankier geheiratet – ihr innigster Wunsch.«

Es hatten sich etwa acht oder zehn Personen zusammengefunden; wir, die Verheirateten, tauschten Vertraulichkeiten über die Unterkleidung und die besonderen Eigenschaften unserer Ehemänner aus, die Unverheirateten besprachen die Oberbekleidung und die besonderen Reize möglicher Heiratskandidaten.

»Ich stricke sie selbst«, hörte ich die Frau Lehrer ausrufen, »aus dicker, grauer Wolle. Er trägt einen pro Monat, mit zwei weichen Kragen.«

»Und dann«, flüsterte Fräulein Lisa, »hat er zu mir gesagt: ›Sie gefallen mir durchaus. Vielleicht werde ich Ihrer Mutter schreiben.‹«

Kein Wunder, daß wir recht heftig erregt waren und uns ereiferten.

Plötzlich ging die Tür auf, und es erschien der Baron.

Es herrschte sofort Grabesstille.

Er kam langsam herein, zögerte, nahm einen Zahnstocher aus einer Schale auf dem Klavier und ging wieder hinaus.

Als die Tür geschlossen war, brachen wir in ein Triumphgeschrei aus! Es war das erste Mal, daß man ihn hatte den Salon betreten sehen. Was mochte die Zukunft noch bringen?

Die Tage dehnten sich zu Wochen. Immer noch waren wir zusammen, und immer noch ließ mich die einsame, kleine Gestalt mit dem wie unter dem Gewicht der Brille gebeugten Kopf nicht los.

Er kam herein mit der schwarzen Tasche, er zog sich zurück mit der schwarzen Tasche – und das war alles.

Schließlich ließ uns der Pensionsdirektor wissen, daß der Baron am nächsten Tag abreise.

»Na«, dachte ich, »er kann sich doch nicht einfach so aus der Affäre ziehen – ohne ein einziges Wort verschwinden! Gewiß wird er die Frau Oberregierungsrat oder die Frau Feldleutnantswitwe wenigstens *einmal* mit einem Wort beehren, ehe er geht.«

Am Abend dieses Tages regnete es heftig. Ich

ging zur Post, und als ich auf den Stufen stand, schirmlos, und zögerte, mich auf die matschige Straße zu begeben, war mir, als hörte ich unterhalb meines Ellbogens ein zaghaftes Stimmchen.

Ich sah hinunter. Es war der Baron von altem Adel mit der schwarzen Tasche und einem Schirm. War ich verrückt? War ich noch bei Sinnen? Er bat mich unter den letzteren zu kommen. Und ich war überaus freundlich, ein klein wenig schüchtern, ehrerbietig, wie sich das gehört. Zusammen gingen wir durch Matsch und Schlamm.

Es hat etwas eigenartig Intimes, zusammen unter einem Schirm zu gehen.

Es kann eine Nähe erzeugen, wie man sie wohl spürt, wenn man einem Mann den Rock abbürstet – ein bißchen keck, ein bißchen treuherzig.

Ich wollte unbedingt erfahren, warum er allein saß, warum er die Tasche bei sich hatte, was er den ganzen Tag über tat. Aber er kam von ganz allein darauf zu sprechen.

»Ich fürchte«, sagte er »daß mein Gepäck feucht wird. Ich trage es ständig in dieser Tasche mit mir herum – man braucht ja so wenig – denn Dienstboten sind unzuverlässig.«

»Eine sehr gute Idee«, antwortete ich. Und dann: »Warum haben Sie uns das Vergnügen vorenthalten –«

»Ich sitze allein, damit ich mehr essen kann«, sagte der Herr Baron und starrte in die Dämmerung; »mein Magen verlangt nach einer großen Menge Nahrung. Ich bestelle doppelte Portionen und esse sie in Ruhe.«

Was fein und vornehm klang.

»Was machen Sie den ganzen Tag?«

»Ich nehme in meinem Zimmer Nahrung zu mir«, antwortete er mit einer Stimme, die die Unterhaltung beendete und den Schirm fast zu bereuen schien.

Als wir in der Pension ankamen, verursachten wir beinahe einen Volksaufstand.

Ich rannte die Stufen hinauf und dankte vom Treppenabsatz herab laut dem Baron.

Er antwortete vernehmlich: »Keine Ursache!«

Es war freundlich von dem Herrn Oberlehrer, mir an diesem Abend einen Blumenstrauß zu schicken, und die Frau Oberregierungsrat fragte mich nach einem Schnittmuster für ein Kindermützchen!

* * *

Am nächsten Tag war der Baron abgereist.

Sic transit gloria der deutschen *mundi*.

Die Schwester der Baronin

»Heute nachmittag kommen zwei neue Gäste«, sagte der Pensionsdirektor und rückte einen Stuhl für mich an den Frühstückstisch. »Ich habe den Brief mit der Mitteilung erst heute morgen erhalten. Die Baronin von Gall schickt ihre kleine Tochter zur Kur hierher – das arme Kind ist stumm. Es wird einen Monat bei uns bleiben, und dann kommt die Baronin selbst.«

»Die Baronin von Gall«, rief die Frau Doktor, die den Raum betrat; sie ließ sich den Namen ganz offensichtlich auf der Zunge zergehen. »Die kommt hierher? Letzte Woche war ein Bild von ihr in ›Sport und Salon‹. Sie ist eine Freundin bei Hofe: Ich habe gehört, die Kaiserin duzt sie. Das ist ja allerliebst! Ich werde dem Rat meines Arztes folgen und weitere sechs Wochen bleiben. Es geht doch nichts über junge Gesellschaft.«

»Aber das Kind ist stumm«, warf der Direktor entschuldigend ein.

»Bah! Was spielt das für eine Rolle? Leidende Kinder haben so entzückende Manieren.«

Jeder Gast, der das Frühstückszimmer betrat,

wurde mit der wunderbaren Neuigkeit bombardiert. »Die Baronin von Gall schickt ihre kleine Tochter hierher; die Baronin selbst kommt in einem Monat.« Wir schwelgten in Kaffee und Brötchen. Wir sprühten vor Geist. Anekdoten über die Hochwohlgeborenen wurden ausgeschenkt, gesüßt und schlückchenweise getrunken: Wir verschlangen die dick mit Butter bestrichenen Skandale des Adels.

»Sie bekommen das Zimmer neben dem Ihren«, sagte der Direktor zu mir. »Gestatten Sie die Frage, ob es Ihnen recht wäre, wenn wir das Porträt der Kaiserin Elisabeth über Ihrem Bett abnähmen, um es nebenan über das Sofa zu hängen.«

»Ja, natürlich, etwas Heimeliges« – die Frau Oberregierungsrat tätschelte meine Hand – »und für Sie hat es ja keinerlei Bedeutung.«

Ich fühlte mich ein wenig gekränkt. Nicht durch die Tatsache, auf den Anblick von Diamanten und blauem Samtbusen verzichten zu müssen, sondern durch den Ton – der mich ausschloß – mich als Ausländerin brandmarkte.

Wir vertrödelten den Tag mit gewichtigen Spekulationen. Beschlossen, daß es zu warm war, um nachmittags spazieren zu gehen, legten uns deshalb auf unsere Betten und traten in großer Zahl zum Nachmittagskaffee an. Da hielt eine

Kutsche an der Tür. Ein großes junges Mädchen stieg aus, das ein Kind an der Hand führte. Sie betraten die Halle, wurden begrüßt und zu ihrem Zimmer geleitet. Zehn Minuten später kam sie mit dem Kind herunter, um sich ins Gästebuch einzutragen. Sie trug ein schwarzes, enganliegendes Kleid mit weißen Rüschen am Hals und an den Ärmeln. Ihr braunes Haar war geflochten und mit einer schwarzen Schleife zusammengebunden – sie war ungewöhnlich blaß mit einem kleinen Muttermal auf der linken Wange.

»Ich bin die Schwester der Baronin von Gall«, sagte sie und probierte die Feder auf einem Stück Löschpapier aus; sie lächelte uns herablassend an. Selbst für die Abgebrühtesten von uns hält das Leben noch erregende Momente bereit. Zwei Baroninnen in einem Monat! Der Direktor verließ unverzüglich den Raum, um eine neue Feder zu holen.

In meinen Plebejeraugen wirkte das leidende Kind ungewöhnlich reizlos. Es sah aus, als wäre es zu häufig mit Wäscheblau gewaschen worden; es hatte Haare wie graue Wolle – und es trug einen Schürzenrock, der so steif gestärkt war, daß es uns kaum über die Rüschen hinweg ansehen konnte – eine wahre gesellschaftliche Schranke von Schürzenrock – und vielleicht war es von einer adligen Tante zu viel verlangt, sich um so niedere Belange wie die Ohren ihrer Nichte zu kümmern. Aber eine stumme Nichte mit ungewaschenen Ohren hatte für mich etwas sehr Deprimierendes.

Man setzte sie ans Kopfende des Tisches. Einen Augenblick lang sahen wir einander fragend an, wer das Gespräch eröffnen solle.

Dann begann die Frau Oberregierungsrat: »Ich hoffe, Sie sind nicht müde nach Ihrer Reise.«

»Nein«, sagte die Schwester der Baronin und lächelte in ihre Tasse.

»Ich hoffe, das liebe Kind ist nicht müde«, sagte die Frau Doktor.

»Ganz und gar nicht.«

»Ich nehme an – ich hoffe – daß Sie heute nacht gut schlafen werden«, sagte der Herr Oberlehrer ehrerbietig.

»Ja.«

Der Dichter aus München konnte seinen Blick nicht von den beiden abwenden. Er ließ seine Krawatte ein gut Teil seines Kaffees aufsaugen, während er sie aufgewühlt anstarrte.

Pegasus schüttelt das Joch ab, dachte ich. Seine Oden an die Einsamkeit winden sich im Todeskampf! Diese junge Frau bot die Gelegenheit zur Inspiration, ganz zu schweigen von einer Widmung, und also nahm seine darbende Seele ihr Bett und wandelte.

Sie zogen sich nach dem Essen zurück, und wir konnten uns in aller Ruhe über sie unterhalten.

»Die Ähnlichkeit ist da«, sinnierte die Frau Doktor. »Eindeutig. Was für Umgangsformen sie hat. So distinguiert, so zärtlich mit dem Kind.«

»Schade, daß sie sich um das Kind kümmern muß«, rief der Student aus Bonn. Bisher hatte er sich auf drei Schmisse und ein Verbindungsband verlassen, um Eindruck zu schinden, aber die Schwester einer Baronin verlangte mehr als das.

Anstrengende Tage folgten. Wäre sie eine Spur weniger hochwohlgeboren gewesen, hätten wir die ewigen Unterhaltungen über sie nicht bewältigen können, die Loblieder ihr zu Ehren, die detaillierten Berichte über alles, was sie tat. Aber sie ließ sich unsere Verehrung gnädig gefallen, und wir waren mehr als zufrieden.

Den Dichter machte sie zu ihrem Vertrauten. Er trug ihre Bücher, wenn wir spazierengingen, er ließ das leidende Kind auf seinem Knie reiten – eine dichterische Freiheit, gewissermaßen – und eines Morgens brachte er sein Notizbuch mit in den Salon und las uns vor.

»Die Schwester der Baronin hat mir versichert, daß sie ins Kloster geht«, sagte er. (Das ließ den Studenten aus Bonn aufhorchen.) »Ich habe diese wenigen Zeilen gestern abend an meinem Fenster in der lauen Nachtluft geschrieben –«

»Aber Ihre empfindliche Brust«, bemerkte die Frau Doktor.

Er warf ihr einen eisigen Blick zu, und sie errötete.

»Ich habe folgende Zeilen geschrieben:

Ach, willst du in ein Kloster ziehn,
in jenen stillen Hort?
Spring durch die Felder wie ein Reh
Und find die Schönheit dort.«

Neun ähnlich reizende Strophen empfahlen ihr ähnlich drastische Maßnahmen. Ich bin sicher, wäre sie seinem Rat gefolgt, der Rest ihres Lebens im Kloster hätte ihr nicht gereicht, um wieder zu Atem zu kommen.

»Ich habe ihr eine Abschrift davon zum Geschenk gemacht«, sagte er. »Und heute gehen wir in den Wald, um Blumen zu pflücken.«

Der Student aus Bonn stand auf und verließ das Zimmer. Ich bat den Dichter, die Verse noch einmal vorzulesen. Am Ende der sechsten Strophe sah ich durchs Fenster die Schwester der Baronin und den jungen Mann mit den Schmissen durch das Eingangstor verschwinden, was mich in die Lage versetzte, dem Dichter so hingerissen zu danken, daß er auch mir eine Abschrift anbot.

Doch der Druck, der in jenen Tagen auf uns lastete, war einfach zu hoch. Beim Aufschwung von unserer bescheidenen Pension zu den hohen Mauern der Paläste, mußten wir da nicht abstürzen? An einem späten Nachmittag kam die Frau Doktor zu mir ins Schreibzimmer und drückte mich an ihre Brust.

»Sie hat mir ihr ganzes Leben erzählt«, flüsterte sie. »Sie ist in mein Zimmer gekommen und hat mir angeboten, meinen Arm zu massieren. Sie wissen ja, wie entsetzlich ich unter meinem Rheumatismus leide. Und stellen Sie sich vor, man hat ihr schon sechs Heiratsanträge gemacht. So schöne Anträge, daß mir die Tränen kamen – und jeder einzelne von adliger Herkunft. Den schönsten, meine Liebe, erhielt sie im Wald. Nicht daß ich etwas gegen Heiratsanträge in einem Salon hätte, im Gegenteil – vier Wände sind einfach schicklicher – aber dies war ein privater Wald. Er sagte, der junge Offizier, daß sie einem jungen Baum gleiche, dessen Zweige nie von der ruchlosen Hand eines Mannes berührt worden seien. Solch eine Feinfühligkeit!« Sie seufzte und verdrehte die Augen.

»Natürlich ist das für Sie als Engländerin schwer zu verstehen; Engländerinnen entblößen ihre Beine beim Kricketspiel und züchten Hunde hinter dem Haus. Das ist ein Jammer! Jugend sollte wie eine Wildrose sein. Ich verstehe überhaupt nicht, wie sich die Frauen bei Ihnen überhaupt jemals vermählen.«

Sie schüttelte so heftig den Kopf, daß ich meinen mitschüttelte, und ein düsterer Schatten legte sich auf mein Herz. Es sah wirklich sehr schlecht mit uns aus. Breitete der Geist der Romantik seine rosigen Flügel nur über das aristokratische Deutschland aus?

Ich ging auf mein Zimmer, band mir ein rosarotes Tuch ums Haar und nahm einen Band der Gedichte von Mörike mit in den Garten. Ein großer violetter Fliederbusch wuchs hinter dem Gartenhaus. Dort setzte ich mich hin und sann dem Gefühl einer unbestimmten Trauer nach. Ich fing an, selbst ein Gedicht zu schreiben.

Sie schwanken und schmachten, wohl wie im Traum,
Wo wir, eng zusammengepreßt, uns küssen.

Ich hörte auf! ›Eng zusammengepreßt‹ klang ganz und gar nicht leidenschaftlich. Es roch nach Kleiderschrank. Ließ meine Wildrose schon den Kopf hängen? Ich kaute auf einem Blatt und umschlang meine Knie. Da – o Magie der Stunde – hörte ich Stimmen aus dem Gartenhaus, die Schwester der Baronin und den Studenten aus Bonn.

Romantik aus zweiter Hand war besser als nichts; ich spitzte meine Ohren.

»Was für kleine Hände Sie haben«, sagte der Student aus Bonn. »Wie weiße Seerosen auf dem Teich Ihres schwarzen Kleides.« Das ließ sich hören. Ich war gespannt, was Ihre Hochwohlgeboren darauf antworten würde. Nur wohlwollendes Gemurmel.

»Reichen Sie mir die Hand?« Ich hörte zwei Seufzer – offensichtlich *hatte* sie gereicht – er hatte den dunklen Wassern eine edle Blüte geraubt.

»Sehen Sie, wie groß meine Finger neben den Ihren sind.«

»Aber sie sind so schön gepflegt«, sagte die Schwester der Baronin scheu.

Das Biest! War Liebe also eine Frage der Maniküre?

»Wie gern würde ich Sie küssen«, murmelte der Student. »Aber wie Sie wissen, leide ich unter einem nasalen Katarrh, und ich darf es nicht riskieren, Sie anzustecken. Sechzehn Mal habe ich letzte nacht geniest; ich habe gezählt. Und drei Taschentücher verbraucht.«

Ich warf Mörike in den Flieder und ging zum Haus zurück. Ein großes Automobil stand schnaubend vor dem Eingang. Im Salon große Aufregung. Die Baronin stattete ihrer kleinen

Tochter einen Überraschungsbesuch ab. Gekleidet in einen gelben Regenmantel stand sie in der Mitte des Raums und verhörte den Direktor. Und jeder Gast, der in der Pension weilte, drängte sich um sie; selbst die Frau Doktor studierte angelegentlich einen Fahrplan, um den erlauchten Röcken so nahe wie möglich zu sein.

»Aber wo ist meine Zofe?« fragte die Baronin.

»Zu uns ist keine Zofe gekommen«, antwortete der Direktor, »nur Ihr gnädiges Fräulein Schwester und Ihre Tochter.«

»Schwester!« rief sie scharf. »Dummes Zeug, ich habe keine Schwester. Mein Kind ist mit der Tochter meiner Schneiderin gereist.«

Tableau grandissimo!

Frau Fischer

Frau Fischer war die glückliche Besitzerin einer Kerzenfabrik irgendwo an den Ufern der Eger, und einmal im Jahr ließ sie die Arbeit ruhen, um in Dorschhausen eine Kur zu machen, wo sie mit einem Schließkorb, ordentlich in schwarzes Wachstuch gehüllt, und einer Tragetasche ankam. Letztere enthielt neben ihren Taschentüchern, dem Kölnisch Wasser, Zahnstochern und einem wollenen Tuch, der ihrem Magen so überaus wohltat, Muster ihres Kerzenmachergewerbes, die sie als Zeichen der Dankbarkeit am Ende ihres Urlaubs verschenkte.

Eines Julinachmittags um vier Uhr erschien sie in der Pension Müller. Ich saß in der Laube und sah sie über den Weg eilen, gefolgt von dem rotbärtigen Träger mit ihrem Schließkorb und einer Sonnenblume zwischen den Zähnen. Die Witwe und ihre fünf unschuldigen Töchter standen adrett und in angemessener Willkommenshaltung aufgereiht auf der Treppe; und die Begrüßung geriet so lang und laut, daß mir ganz warm ums Herz wurde.

»Was für eine Reise!« rief Frau Fischer. »Und

nichts zu essen im Zug – nichts Ordentliches. Ich versichere Ihnen, meine Magenwände kleben förmlich aneinander. Aber ich will mir nicht den Appetit für das Abendessen verderben – nur eine Tasse Kaffee auf mein Zimmer. Bertha«, sie wandte sich der Jüngsten der fünf zu, »kaum wiederzuerkennen! Was für ein Busen! Frau Hartmann, ich gratuliere.«

Noch einmal ergriff die Witwe Frau Fischers Hände. »Und auch Kathi, eine richtige Frau; aber ein wenig blaß. Vielleicht ist der junge Mann aus Nürnberg dieses Jahr wieder hier. Wie sie die Kinder alle im Haus halten, verstehe ich nicht. Jedes Jahr, wenn ich komme, erwarte ich, ein leeres Nest vorzufinden. Ganz erstaunlich.«

Frau Hartmann, mit verschämter Stimme, wie entschuldigend: »Wir sind eine so glückliche Familie, seit mein lieber Mann gestorben ist.«

»Ja, das Heiraten – man muß Mut haben; und schließlich, lassen Sie ihnen Zeit, wenn es soweit ist, machen sie die glückliche Familie nur noch größer – Gott sei's gedankt … Sind zur Zeit viele Leute hier?«

»Jedes Zimmer belegt.«

Es folgte eine genaue Beschreibung in der Diele, Gemurmel auf der Treppe und eine mehrteilige Fortsetzung, als sie das große Zimmer betraten (mit den Fenstern zum Garten), das Frau

Fischer jedes Jahr bewohnte. Ich las gerade die ›Wunder von Lourdes‹, die mir ein katholischer Priester – mit einem betrübten Blick auf meine Seele – dringend ans Herz gelegt hatte; aber alle Wunder wurden durch Frau Fischers Ankunft zuschanden. Nicht einmal die weißen Rosen zu Füßen der Jungfrau konnten in dieser Atmosphäre erblühen.

»… Es war ein einfaches Hirtenkind, das seine Herde auf den kahlen Feldern weiden ließ …«

Stimmen aus dem Zimmer oben: »Der Waschtisch ist selbstverständlich gründlich mit Soda geschrubbt worden.«

»… sie lebte in bitterer Armut und trug nichts als Lumpen am Leib …«

»Jedes Möbelstück hat drei Tage lang im Garten zum Lüften gestanden. Und die Decke haben wir aus alten Kleidern selbst genäht. Das da ist ein Stück von dem schönen Flanellunterrock, den Sie uns letztes Jahr hiergelassen haben.«

»… Taubstumm war das Kind; die Dorfbewohner hielten es gar für blödsinnig …«

»Ja, das ist ein neues Bild vom Kaiser. Wir haben den Heiland mit der Dornenkrone nach draußen in den Flur gehängt. Zum Schlafen nicht heiter genug. Möchten Sie Ihren Kaffee nicht draußen im Garten trinken, liebe Frau Fischer?«

»Das ist eine sehr gute Idee. Aber erst muß ich mein Korsett ablegen und die Stiefel ausziehen. Ah, was für eine Wohltat, wieder Sandalen zu tragen. Ich habe die Kur dieses Jahr bitter nötig. Meine Nerven! Ich bin das reinste Nervenbündel. Während der Reise saß ich die ganze Zeit da mit meinem Taschentuch über dem Kopf, sogar als der Schaffner die Fahrkarten einsammelte. Völlig erschöpft!«

Sie kam in die Laube mit einem schwarz-weiß-getupften Morgenrock und einer Kattunkappe mit einem Schirm aus Lackleder, gefolgt von Kathi, die die kleinen, blauen Kannen mit Malzkaffee brachte. Wir wurden einander korrekt vorgestellt. Frau Fischer setzte sich, holte ein blitzsauberes Taschentuch hervor und polierte ihre Tasse und Untertasse, hob dann den Deckel der Kaffeekanne und schaute betrübt ins Innere.

»Malzkaffee«, sagte sie. »Ach, in den ersten Tagen frage ich mich immer, wie ich das aushalten soll. Selbstverständlich, wenn man fern der Heimat ist, muß man mit Unbequemlichkeiten und fremdem Essen rechnen. Aber wie ich zu meinem lieben Gemahl zu sagen pflegte: Mit einem sauberen Laken und einer guten Tasse Kaffee kann ich überall glücklich sein. Aber in meinem jetzigen Zustand, bei *meinen* Nerven, ist mir kein Opfer zu groß. Und worunter leiden Sie? Sie sehen außergewöhnlich gesund aus!«

Ich lächelte und zuckte mit den Schultern.

»Ach, das ist merkwürdig mit euch Engländern. Sie sprechen so ungern über Körperfunktionen. Das ist, als würde man über einen Zug reden und sich weigern, die Lokomotive zu erwähnen. Wie wollen wir einen Menschen wirklich verstehen, wenn wir nichts über seinen Magen wissen? Als die Krankheit meines Mannes am schlimmsten war – die Breiumschläge –«

Sie tunkte ein Stück Zucker in den Kaffee und sah zu, wie es sich auflöste.

»Und doch hat mir ein junger Freund, der zur Beerdigung seines Bruders nach England reiste, erzählt, Frauen trügen dort in öffentlichen Gasthäusern Dekolletés, daß jeder Kellner einfach hineinsehen *muß*, wenn er die Suppe serviert.«

»Aber nur deutsche Kellner«, sagte ich. »Englische sehen über die Köpfe der Leute hinweg.«

»Da haben wir's«, rief sie, »da sehen Sie, wie abhängig Sie von Deutschland sind. Nicht einmal tüchtige Kellner haben Sie.«

»Mir ist es lieber, wenn sie über den Kopf hinweg sehen.«

»Was beweist, daß Sie sich ganz offensichtlich für Ihr Dekolleté schämen.«

Ich sah hinaus in den Garten, wo Goldlack und Rosenstöcke wuchsen, steif wie deutsche Blumensträuße, und dachte, daß es mir im Grunde völlig gleichgültig war. Ich hätte sie viel lieber gefragt, ob der junge Freund in seiner Eigenschaft als Kellner nach England gefahren sei, um den Leichenschmaus zu servieren, überlegte dann aber, daß es der Mühe nicht wert war. Das Wetter war zu heiß, um boshaft zu sein, und wer wollte nicht Milde walten lassen angesichts der hellen Aufregung, in der sich Frau Fischer bis halb sieben befand? Als Dank des Himmels für meine Geduld, kam der Herr Rat auf uns zuspaziert, engelsgleich in einen weißen Seidenanzug gekleidet. Er und Frau Fischer waren alte Freunde. Sie zog ihren Morgenrock enger um sich und machte ihm auf der kleinen grünen Bank Platz.

»Ihnen scheint die Hitze nichts auszumachen«, sagte sie; »und wenn ich mir die Bemerkung erlauben darf – was für ein herrlicher Anzug!«

»Haben Sie den nicht schon letztes Jahr an mir gesehen? Ich habe die Seide aus China mitgebracht – habe sie durch den russischen Zoll geschmuggelt, indem ich sie mir um den Körper gewickelt habe. Und zwar eine ganze Menge: Stoff für zwei Kleider für meine Schwägerin, drei Anzüge für mich und einen Umhang für die Haushälterin meiner Wohnung in München. Was habe ich geschwitzt! Hinterher mußte sie erst einmal gründlich gewaschen werden.«

»Sie haben gewiß mehr Abenteuer erlebt als jeder andere in Deutschland. Wenn ich an die Zeit denke, die Sie in der Türkei verbracht haben, mit einem betrunkenen Führer, der von einem tollwütigen Hund gebissen wurde und dann einen Abhang hinunter in ein Feld voller Duftölrosen fiel, dann bedaure ich, daß Sie nie ein Buch geschrieben haben.«

»Gemach – gemach. Ich bin dabei, mir einige Notizen zu machen. Aber jetzt, wo Sie hier sind, sollten wir unsere zwanglosen Plauderstündchen nach dem Abendessen wieder aufnehmen. Einverstanden? Es ist wichtig und gut für einen Mann, gelegentlich in der Gesellschaft von Frauen Entspannung zu finden.«

»Das verstehe ich nur zu gut. Sogar hier ist Ihr Leben so aufreibend – Sie sind begehrt – werden bewundert. Genauso war es bei meinem lieben Gatten. Er war ein großer, gutaussehender Mann, und manchmal abends pflegte er in die Küche zu kommen und zu sagen: ›Frau, wie gern wäre ich für zwei Minuten mal dumm.‹ Nichts konnte ihn dann so sehr beruhigen, als wenn ich seinen Kopf streichelte.«

Der kahle Schädel des Herrn Rat leuchtete

im Sonnenlicht wie ein Symbol für die traurige Abwesenheit einer Ehefrau.

Ich begann mir über die Natur dieser ungezwungenen Plauderstündchen nach dem Abendessen Gedanken zu machen. Wie konnte man Dalila für einen derart gerupften Samson spielen?

»Herr Hoffmann aus Berlin ist gestern angekommen«, sagte der Herr Rat.

»Mit diesem jungen Mann weigere ich mich zu sprechen. Letztes Jahr hat er mir erzählt, daß er in Frankreich in einem Hotel gewohnt hat, in dem es keine Servietten gab; was muß das für ein Haus gewesen sein! In Österreich haben sogar die Kutscher Servietten. Außerdem habe ich gehört, daß er mit Bertha über die ›freie Liebe‹ gesprochen hat, als sie sein Zimmer fegte. Ich bin solche Gesellschaft nicht gewohnt. Er war mir schon lange suspekt.«

»Junges Blut«, erwiderte der Herr Rat versöhnlich. »Ich hatte einige Auseinandersetzungen mit ihm – Sie haben es mit angehört – nicht wahr?« wandte er sich an mich.

»Einige, allerdings«, sagte ich lächelnd.

»Vermutlich halten auch Sie mich für altmodisch. Ich mache kein Geheimnis aus meinem Alter; ich bin neunundsechzig; aber Sie werden sicherlich auch bemerkt haben, wie still er plötzlich wurde, wenn ich nur meine Stimme erhob.«

Ich antwortete mit innerster Überzeugung, doch als ich einen Blick von Frau Fischer auffing, wurde mir plötzlich klar, daß ich lieber ins Haus zurückgehen und ein paar Briefe schreiben sollte.

Es war dunkel und kühl in meinem Zimmer. Ein Kastanienbaum stieß mit seinen grünen Ästen ans Fenster. Ich sah auf das Roßhaarsofa hinunter, das den Gedanken, sich auf ihm zu räkeln, ganz offensichtlich als unmoralisch von sich wies, zog das rote Kissen auf den Boden und legte mich hin. Und kaum hatte ich es mir gemütlich gemacht, als die Tür aufging und Frau Fischer eintrat.

»Der Herr Rat hatte einen Badetermin«, sagte sie und schloß die Tür hinter sich. »Darf ich hereinkommen? Bitte, bleiben Sie doch liegen. Sie sehen wie eine kleine Perserkatze aus. Und jetzt müssen Sie mir etwas wirklich Interessantes aus Ihrem Leben erzählen. Wenn ich neue Menschen kennenlerne, dann quetsche ich sie aus wie einen Schwamm. Zunächst einmal – Sie sind verheiratet.«

Ich bestätigte es.

»Aber wo ist Ihr Mann, mein liebes Kind?«

Ich sagte, er sei Kapitän zur See und auf einer langen und gefährlichen Reise.

»Wie kann er Sie nur so zurücklassen – so jung und so schutzlos.«

Sie setzte sich aufs Sofa und drohte mir schelmisch mit dem Finger.

»Gestehen Sie nur, daß Sie ihm Ihre Reisen verheimlichen. Denn welcher Mann würde einer Frau mit solcher Haarpracht erlauben, in fremden Ländern herumzuziehen? Mal angenommen, Sie verlören Ihre Börse mitten in der Nacht in einem eingeschneiten Zug im Norden Rußlands?«

»Aber ich habe nicht die leiseste Absicht –« fing ich an.

»Das sage ich ja gar nicht. Als Sie Ihrem lieben Mann auf Wiedersehen sagten, hatten Sie nicht die Absicht, hierherzukommen, davon bin ich überzeugt. Meine Liebe, ich bin eine erfahrene Frau, und ich kenne die Welt. Wenn er fort ist, fiebert Ihr Blut. Ihr trauriges Herz fliegt trostsuchend in fremde Länder. Zu Hause können Sie den Anblick des leeren Bettes nicht ertragen – es ist, als wären Sie Witwe geworden. Seit dem Tod meines Gatten habe ich keine friedliche Stunde mehr gehabt.«

»Ich mag leere Betten«, protestierte ich müde und knuffte das Kissen.

»Das kann nicht sein, denn es ist nicht natürlich. Jede Ehefrau sollte spüren, daß ihr Platz an der Seite ihres Mannes ist – beim Schlafen oder Wachen. Es ist offensichtlich, daß die stärkste aller Bindungen Sie noch nicht bindet. Warten

Sie, bis sich Ihnen zwei kleine Händchen entgegenstrecken – warten Sie, bis er in den Hafen kommt und Sie mit dem Kind an der Brust sieht.«

Ich setzte mich steif auf.

»Aber ich halte Kinderkriegen für den unwürdigsten aller Berufe«, sagte ich.

Einen Augenblick herrschte Stille. Dann beugte sich Frau Fischer herunter und nahm meine Hand.

»So jung und müssen schon so grausam leiden«, murmelte sie. »Nichts verbittert eine Frau mehr, als allein gelassen zu werden, ohne Mann, besonders wenn sie verheiratet ist, denn dann ist es ihr unmöglich, die Aufmerksamkeiten anderer Männer zu würdigen – es sei denn, sie ist unglücklicherweise Witwe. Natürlich weiß ich, daß Kapitäne schrecklichen Versuchungen ausgesetzt sind, und sie sind so entflammbar wie Tenöre – deshalb müssen Sie, meine Liebe, stets fröhlich und entschlossen auftreten und alles daransetzen, damit er stolz auf Sie ist, wenn sein Schiff in den Hafen einläuft.«

Dieser Ehemann, den ich eigens für Frau Fischer erfunden hatte, nahm in ihren Händen so reale Gestalt an, daß ich mich nicht länger auf einem Felsen sitzen sah, mit Seegras im Haar, um auf das Geisterschiff zu warten, das alle Frauen so sehr herbeizusehnen belieben. Ich sah mich nun eher einen Kinderwagen die Landungsbrücke hinaufschieben und die fehlenden Knöpfe an der Uniformjacke meines Gatten zählen.

»Jede Menge Kinder, das ist es, was Sie brauchen«, sann Frau Fischer. »Denn als Familienvater kann er Sie nicht verlassen. Denken Sie an sein Entzücken und seine Erregung, wenn er Sie sieht!«

Der Plan erschien mir etwas gewagt. Plötzlich mit einem Arm voller Kinder aufzutauchen, ist gewiß nicht der beste Weg, um Begeisterungsstürme beim durchschnittlichen britischen Ehemann hervorzurufen. Ich beschloß, meine unbefleckte Schöpfung Schiffbruch erleiden und ihn irgendwo bei Kap Hoorn untergehen zu lassen.

Dann ertönte der Gong zum Abendessen.

»Kommen Sie doch nachher auf mein Zimmer«, sagte Frau Fischer. »Es gibt noch so viel, das ich Sie fragen muß.«

Sie drückte meine Hand, aber ich drückte nicht zurück.

Frau Brechenmacher geht auf eine Hochzeit

Sich ausgehfertig zu machen, war ein mühsames Unterfangen. Nach dem Abendessen steckte Frau Brechenmacher vier der fünf Kinder ins Bett und erlaubte Rosa, bei ihr zu bleiben und beim Polieren der Knöpfe von Herrn Brechenmachers Uniform zu helfen. Dann ging sie mit einem heißen Bügeleisen über sein bestes Hemd, wichste seine Stiefel und besserte mit ein, zwei Stichen eine Naht an seiner schwarzen Satinkrawatte aus.

»Rosa«, sagte sie, »hol meinen Rock und häng ihn vor den Ofen, damit die Falten herausgehen. Und denk daran, du mußt auf die Kinder aufpassen, und bleib nicht länger als bis halb neun auf, und faß die Lampe nicht an – du weißt, was passiert, wenn du es tust.«

»Ja, Mama«, sagte Rosa, die neun war und sich alt genug fühlte, mit tausend Lampen fertig zu werden. »Aber laß mich doch aufbleiben – der Bub wacht vielleicht auf und will Milch haben.«

»Halb neun!« sagte die Frau. »Der Vater soll's auch noch sagen.«

Rosas Mundwinkel gingen nach unten.

»Aber … aber …«

»Da kommt der Vater. Geh ins Schlafzimmer und hol mein blaues Seidentuch. Du kannst mein schwarzes Umhängetuch tragen, während ich weg bin – sei brav!«

Rosa zog es ihrer Mutter von den Schultern, legte es ordentlich um ihre eigenen und verknotete die beiden Enden auf dem Rücken. Wenn sie schon um halb neun ins Bett mußte, so überlegte sie, dann wollte sie immerhin das Tuch anbehalten. Ein Entschluß, der sie voll und ganz tröstete.

»Also, wo sind meine Kleider?« rief Herr Brechenmacher; er hängte seine leere Briefträgertasche hinter die Tür und stampfte den Schnee von den Stiefeln. »Natürlich nicht parat, und alle anderen sind längst auf der Hochzeit. Ich habe die Musik gehört, als ich vorbeikam. Was machst du denn? Du bist noch nicht einmal angezogen. So kannst du nicht gehen.«

»Da sind sie – liegt alles auf dem Tisch für dich bereit, und warmes Wasser ist in der Blechschüssel. Tauch den Kopf hinein. Rosa, gib deinem Vater das Handtuch. Alles fertig außer der Hose. Ich hatte keine Zeit, sie zu kürzen. Du mußt sie in die Stiefel stecken, bis wir dort sind.«

»Ach«, sagte Herr Brechenmacher, »hier kann man sich ja nicht drehen und nicht wenden. Ich brauche das Licht. Geh und zieh dich im Flur um.«

Sich im Dunkeln anzuziehen, machte Frau Brechenmacher nichts aus. Sie hakte Rock und Taille zu, steckte das Tuch am Hals mit einer schönen Brosche zusammen, an der vier Medaillons der Heiligen Jungfrau hingen, und legte sich dann den Umhang mit der Kapuze um.

»Komm her und mach mir die Schnalle zu«, rief Herr Brechenmacher. Er stand in der Küche und drückte die Brust heraus, und die Knöpfe seiner blauen Uniform glänzten mit einer Begeisterung, mit der wohl nur amtliche Knöpfe glänzen konnten. »Wie sehe ich aus?«

»Prächtig«, antwortete die kleine Frau, zog an der Gürtelschnalle und zupfte hier und da an ihm herum. »Rosa, komm her und sieh dir deinen Vater an.«

Herr Brechenmacher stolzierte in der Küche auf und ab, man half ihm in den Mantel, dann wartete er, während die Frau die Laterne anzündete.

»Also, dann – endlich! Komm jetzt!«

»Die Lampe, Rosa«, warnte die Frau und warf die Eingangstür hinter sich zu.

Geschneit hatte es den ganzen Tag nicht; der Boden war so glatt wie ein zugefrorener Teich. Seit Wochen war sie nicht aus dem Haus gekommen, und der Tag hatte sie derart in Unruhe versetzt, daß sie wie benommen war, sich dumm vorkam – als hätte Rosa sie aus dem Haus gedrängt, und der Mann lief vor ihr weg.

»Warte, warte!« rief sie.

»Nein, ich bekomme nasse Füße – beeil dich.«

Als sie ins Dorf kamen, ging es besser. Dort waren Zäune, an denen man sich festhalten konnte, und vom Bahnhof zum Gasthaus hatte man für die Hochzeitsgäste einen schmalen Weg mit Asche bestreut.

Das Gasthaus sah sehr festlich aus. Lichter leuchteten aus jedem Fenster, Kränze aus Tannenzweigen hingen an den Gesimsen. Zweige schmückten die Eingangstüren, die aufschwangen, und in der Diele verschaffte sich der Wirt Respekt, indem er die Kellnerinnen herumkommandierte, die unablässig mit Biergläsern, Tabletts mit Tassen und Untertassen und Weinflaschen herumrannten.

»Die Treppe rauf – die Treppe rauf«, dröhnte der Wirt. »Hängt eure Mäntel oben auf dem Treppenabsatz auf.« Eingeschüchtert durch dieses herrschaftliche Gebaren, vergaß Herr Brechenmacher ganz seine Rechte als Ehemann und entschuldigte sich bei seiner Frau, weil er sie in seinem Eifer, vor allen anderen oben zu sein, gegen das Geländer gestoßen hatte.

Herrn Brechenmachers Kollegen begrüßten ihn mit lautem Rufen, als er durch die Tür des Festsaals trat, und Frau Brechenmacher richtete ihre Brosche, faltete die Hände und setzte die würdevolle Miene auf, die sich für die Gattin eines Briefträgers und Mutter von fünf Kindern ziemte. Der Festsaal war wirklich wunderschön. Drei lange Tische standen an einer Seite, der übrige Raum war frei gelassen worden zum Tanzen. Öllampen, die von der Decke hingen, warfen ein warmes, helles Licht auf die mit Papierblumen und Girlanden geschmückten Wände und ein noch wärmeres und noch helleres auf die roten Gesichter der Gäste in ihren besten Kleidern.

Am Kopfende des mittleren Tisches saßen die Braut und der Bräutigam, sie in einem weißen, mit bunten Bandschleifen geschmückten Kleid, das sie wie eine Torte mit Zuckerguß aussehen ließ, die nur darauf wartet, angeschnitten und dem Bräutigam serviert zu werden, der einen viel zu großen weißen Tuchanzug trug und eine weiße Seidenkrawatte, die ihm langsam den Kragen hinaufrutschte. Um sie herum waren, ihrem Rang und ihrer Würde entsprechend, die Eltern und Verwandten gruppiert; und auf einem Stuhl zur Rechten der Braut hockte ein kleines Mädchen in einem zerknitterten Musselinkleid mit einem Kranz aus Vergißmeinnicht, der ihr über ein Ohr hing. Alle lachten und redeten, schüttelten Hände, stießen mit den Gläsern an, stampften auf den Boden – ein Geruch von Bier und Schweiß lag in der Luft.

Frau Brechenmacher ging hinter ihrem Mann durch den Saal, nachdem sie das Brautpaar begrüßt hatten; sie wußte, daß sie sich gut unterhalten würde. Sie blühte förmlich auf, und ihr wurde ganz warm, als sie die vertraute Festtagsstimmung atmete. Jemand tupfte an ihrem Rock, und als sie hinunterblickte, sah sie Frau Rupp, die Frau des Metzgers, die einen leeren Stuhl hervorzog und sie aufforderte, sich neben sie zu setzen.

»Fritz holt Ihnen ein Bier«, sagte sie. »Ihr Rock ist hinten offen, meine Liebe. Wir mußten wirklich lachen, als Sie durch den Saal gingen und ein weißer Streifen von Ihrem Unterrock zu sehen war.«

»Aber wie furchtbar!« sagte Frau Brechenmacher, sackte auf den Stuhl und biß sich auf die Lippe.

»Na, jetzt ist es ja vorbei«, sagte Frau Rupp, streckte die dicken Hände über den Tisch und betrachtete mit großer Genugtuung ihre drei Witwenringe; »man muß eben achtgeben, besonders auf einer Hochzeit.«

»Vor allem bei einer solchen Hochzeit«, rief Frau Ledermann, die auf der anderen Seite von

Frau Brechenmacher saß. »Bringt Theresa doch tatsächlich dieses Kind mit hierher. Es ist ihr eigenes, müssen Sie wissen, und es wird bei ihnen leben. Das nenne ich eine Sünde gegen die Kirche, ein uneheliches Kind, das an der Hochzeit der eigenen Mutter teilnimmt.«

Die drei Frauen sahen zu der Braut hinüber, die reglos und mit einem leeren Lächeln auf den Lippen dasaß; nur ihre Blicke schweiften unruhig hin und her.

»Sie haben ihr sogar Bier zu trinken gegeben«, flüsterte Frau Rupp, »und Weißwein und Gefrorenes. Das ist doch nicht gut für ihren Magen; sie hätte sie zu Hause lassen sollen.«

Frau Brechenmacher drehte sich um und sah zur Mutter der Braut hinüber. Sie ließ ihre Tochter nicht aus den Augen, runzelte die braune Stirn wie ein alter Affe und nickte von Zeit zu Zeit sehr feierlich. Ihre Hände zitterten, als sie ihren Bierkrug hob, und nach dem Trinken spuckte sie auf den Boden und wischte sich heftig mit dem Ärmel über den Mund. Dann fing die Musik an, und ihre Augen folgten Theresa und musterten argwöhnisch jeden Mann, der mit ihr tanzte.

»Sei lustig, Alte«, schrie ihr Mann und stieß sie in die Rippen; »das ist nicht Theresas Beerdigung.« Er zwinkerte den Gästen zu, die in lautes Gelächter ausbrachen.

»Ich *bin* lustig«, brummte die alte Frau und schlug im Takt der Musik mit der Faust auf den Tisch, um zu beweisen, daß sie mitfeierte.

»Sie kann nicht vergessen, wie flatterhaft Theresa war«, sagte Frau Ledermann. »Wie auch – mit dem Kind? Ich habe gehört, Theresa hat letzten Sonntagabend einen hysterischen Anfall gehabt und gesagt, daß sie diesen Mann nicht heiraten will. Sie mußten den Pfarrer holen.«

»Wo ist der andere?« fragte Frau Brechenmacher. »Warum hat der sie nicht geheiratet?«

Die Frau zuckte die Schultern. »Fort – verschwunden. Er war Handlungsreisender und hat nur zwei Nächte bei ihnen gewohnt. Er hat Hemdknöpfe verkauft – ich habe auch welche gekauft, und es waren schöne Knöpfe – aber was für ein Lump! Ich begreife gar nicht, was er an diesem einfältigen Ding gefunden hat – aber das weiß man ja nie. Ihre Mutter sagt, sie ist wie Feuer, und das schon seit sie sechzehn ist!«

Frau Brechenmacher sah auf ihr Bier hinunter und blies ein kleines Loch in den Schaum.

»So sollte eine Hochzeit nicht sein«, sagte sie; »zwei Männer zu lieben ist gegen die Religion.«

»Mit dem da wird sie noch ihre Freude haben«, rief Frau Rupp. »Im letzten Sommer hat er bei mir gewohnt, und ich mußte ihn raussetzen. In zwei Monaten hat er nicht einmal seine Kleider gewechselt, und als ich ihn auf den Gestank in seinem Zimmer angesprochen habe, behauptete er steif und fest, daß der vom Laden unten komme. Ach, jede Frau hat ihr Kreuz. Ist es nicht so, meine Liebe?«

Frau Brechenmacher sah zu ihrem Mann am Nachbartisch, umgeben von seinen Kollegen. Sie wußte, daß er zu viel trank – er gestikulierte wild, und beim Reden spritzte ihm der Speichel aus dem Mund.

»Ja«, bestätigte sie. »Junge Mädchen müssen viel lernen.«

Eingezwängt zwischen diesen beiden dicken alten Frauen, machte sie sich keine Hoffnung, zum Tanz aufgefordert zu werden. Sie sah zu, wie die Paare sich rundherum drehten; sie vergaß ihre fünf Kinder und ihren Mann und fühlte sich fast selbst wieder wie ein Mädchen. Die Musik klang traurig und schön. Sie rang die rauhen Hände in den Falten ihres Rocks. Während die Musik spielte, wagte sie nicht, jemandem ins Gesicht zu sehen, und sie lächelte mit einem kleinen nervösen Zittern um den Mund.

»Ach du lieber Gott«, rief Frau Rupp, »sie haben Theresas Kind ein Stück Wurst gegeben. Damit es ruhig ist. Jetzt gibt es eine Geschenkübergabe – Ihr Mann, meine Liebe, hält eine Rede.«

Frau Brechenmacher setzte sich stocksteif auf. Die Musik verklang, und die Tänzer nahmen wieder an den Tischen Platz.

Nur Herr Brechenmacher blieb stehen – in den Händen hielt er eine große silberne Kaffeekanne. Alle lachten über seine Rede, nur seine Frau nicht; alle brüllten über seine Grimassen und die Art, wie er die Kaffeekanne zu dem Brautpaar hin trug, als hielte er einen Säugling.

Die Braut hob den Deckel, warf einen kurzen Blick hinein, dann schloß sie ihn mit einem leisen Aufschrei wieder und biß sich auf die Lippen. Der Bräutigam entriß ihr die Kanne und zog ein Milchfläschchen und zwei kleine Wiegen mit Porzellanpüppchen heraus. Als er diese Schätze vor Theresas Augen hätschelte, ging eine Woge des Gelächters durch den heißen Saal.

Frau Brechenmacher fand es nicht lustig. Sie sah sich um, sah die lachenden Gesichter, und plötzlich kamen sie ihr alle fremd vor. Sie wollte zurück, in ihr Haus, und es nie mehr verlassen. Sie stellte sich vor, daß all diese Leute über sie lachten, sogar noch mehr Leute, als im Saal waren – alle lachten über sie, weil sie so viel stärker waren als sie.

* * *

Sie gingen schweigend nach Hause. Herr Brechenmacher schritt voraus, sie stolperte hinter ihm her. Die Straße vom Bahnhof zu ihrem Haus lag weiß und verlassen da – ein kalter Windstoß blies ihr die Kapuze vom Kopf, und plötzlich erinnerte sie sich an den ersten Abend, an dem sie zusammen nach Hause gegangen waren. Jetzt hatten sie fünf Kinder und doppelt so viel Geld; *aber* –

»Wozu das alles?« murmelte sie, und erst als sie zu Hause angekommen und ein kleines Abendessen mit Fleisch und Brot für ihren Mann bereitet hatte, hörte sie auf, sich diese alberne Frage zu stellen.

Herr Brechenmacher brockte das Brot in seinen Teller, spießte es mit der Gabel auf und kaute gierig.

»Gut?« fragte sie, legte die Arme auf den Tisch und stützte den Busen darauf.

»Sehr gut!«

Er nahm ein Stück Rinde, wischte damit um den Tellerrand und hielt es ihr hin. Sie schüttelte den Kopf.

»Keinen Hunger«, sagte sie.

»Ist aber ein besonders gutes Stück, schön saftig.«

Er aß den Teller leer; dann zog er seine Stiefel aus und warf sie in die Ecke.

»Nicht gerade ein rauschendes Fest«, sagte er, streckte die Füße aus und bewegte die Zehen in den wollenen Socken.

»N-nein«, antwortete sie, hob die Stiefel vom Boden auf und stellte sie zum Trocknen auf den Ofen.

Herr Brechenmacher gähnte, streckte sich und sah dann grinsend zu ihr auf.

»Weißt du noch, der Abend, als wir zusammen nach Hause gegangen sind? Du warst die Unschuld in Person, o ja.«

»Geh weg! Das ist so lange her.« Aber sie erinnerte sich gut.

»Was hast du mir für eine Ohrfeige verpaßt … Aber ich habe dich noch zur Räson gebracht.«

»Hör schon auf. Du hast zu viel Bier getrunken. Komm ins Bett!«

Er warf sich auf dem Stuhl zurück und wieherte vor Lachen.

»Das hast du an dem Abend damals nicht gesagt. Mein Gott, was hast du dich angestellt!«

Doch die kleine Frau nahm die Kerze und ging ins Zimmer nebenan. Die Kinder schliefen fest. Sie strich über die Matratze der Wiege, fühlte, ob sie noch trocken war, dann fing sie an, Bluse und Rock zu öffnen.

»Immer das gleiche«, sagte sie – »auf der ganzen Welt immer das gleiche, und o Gott, wie *dumm*.«

Dann verblaßte sogar die Erinnerung an die Hochzeit. Sie legte sich ins Bett und verschränkte die Arme über dem Gesicht wie ein Kind, das erwartete, geschlagen zu werden, und dann torkelte Herr Brechenmacher herein.

Die moderne Seele

»Guten Abend«, sagte der Herr Professor und drückte mir die Hand; »herrliches Wetter! Ich komme gerade von einer Gesellschaft im Wald. Ich habe für sie auf der Posaune musiziert. Wissen Sie, Tannen sind für eine Posaune ideale Begleiter. Sie antworten verhaltener Kraft mit schmachtenden Seufzern, wie ich es einmal bei einem Vortrag über Blasinstrumente in Frankfurt ausgedrückt habe. Darf ich mir erlauben, neben Ihnen auf der Bank Platz zu nehmen, gnädige Frau?«

Er setzte sich und zog eine weiße Papiertüte aus seiner Rocktasche.

»Kirschen«, sagte er und nickte lächelnd. »Es gibt nichts Besseres als Kirschen, um nach dem Posaunenspiel die Speichelproduktion wieder anzuregen, besonders nach Griegs ›Ich liebe dich‹. Diese schwelgerische Passage bei ›liebe‹ macht mir die Kehle so trocken wie ein Eisenbahntunnel. Möchten Sie?« Er hielt mir die Tüte hin.

»Ich schaue lieber zu, wie Sie sie essen.«

»Aha!« Er schlug die Beine übereinander und klemmte die Tüte mit den Kirschen zwischen sie, um die Hände frei zu haben. »Aus psychologischer Sicht verstehe ich Ihre Weigerung. Mit Ihrem angeborenen Zartgefühl als Frau ziehen Sie geistigere Genüsse vor … Oder vielleicht essen Sie einfach nicht gern Würmer. Alle Kirschen haben Würmer. Vor Jahren habe ich mit einem meiner Kollegen an der Universität ein sehr interessantes Experiment gemacht. Wir haben vier Pfund der besten Kirschen gekostet und kein einziges Exemplar ohne Wurm gefunden. Aber was wollen Sie? Wie ich hinterher zu ihm bemerkte – lieber Freund, es ist doch so: Will man die natürlichen Triebe befriedigen, muß man stark genug sein, die Gegebenheiten der Natur zu ignorieren … Die Unterhaltung ist nicht zu hoch für Sie? Ich habe so selten Zeit oder Gelegenheit, mich einer Frau zu öffnen, daß ich dazu neige, dies außer acht zu lassen.«

Ich sah ihn verständnisvoll an.

»Sehen Sie mal, was für eine dicke!« rief der Herr Professor. »Damit allein ist der Mund schon voll; sie ist schön genug, um an einer Uhrkette zu hängen.« Er kaute auf ihr herum und spuckte den Kern unglaublich weit weg – über den Gartenweg, bis ins Blumenbeet. Er war stolz auf seine Leistung. Das sah man. »Wieviel Obst ich auf dieser Bank schon gegessen habe«, seufzte er; »Aprikosen, Pfirsiche und Kirschen. Eines Tages wird aus diesem Blumenbeet ein Obstgarten, und ich werde Ihnen erlauben, so viel zu pflücken wie Sie wollen, ohne mir etwas dafür zu bezahlen.«

Ich war dankbar, ohne übertriebene Begeisterung zu zeigen.

»Dabei fällt mir ein« – er tippte sich mit einem Finger an den Nasenflügel – »der Pensionsdirektor hat mir heute nach dem Diner meine Wochenrechnung überreicht. Es ist kaum zu fassen. Ich erwarte nicht, daß Sie es mir glauben – er hat mir ein lächerliches kleines Glas Milch, das ich abends im Bett gegen meine Schlaflosigkeit trinke, extra berechnet. Natürlich habe ich es nicht bezahlt. Aber das Fatale an der Geschichte ist folgendes: Die Milch wird keine Wirkung mehr auf meinen Schlaf haben; meine friedliche Einstellung ihr gegenüber ist zerstört. Ich weiß, ich werde mich furchtbar aufregen bei dem Versuch, diesen Mangel an Großzügigkeit zu begreifen, bei einem so wohlhabenden Menschen wie dem Direktor einer Pension. Denken Sie heute nacht an mich«, er trat die leere Tüte mit dem Absatz in den Staub – »denken Sie daran, daß ich Schreckliches erleide, wenn sich Ihr Kopf zum Schlafen auf das Kissen legt.«

Zwei Damen traten auf die Eingangstreppe der Pension, standen Arm in Arm da und sahen in den Garten. Die eine alt und schmächtig, in einer Toilette, die fast zur Gänze aus schwarzen

Perlenbordüren bestand, und einem seidenen Ridikül; die andere, jung und hager, in einem weißen Abendkleid; ihr goldenes Haar war geschmackvoll mit violetten Wicken geschmückt.

Der Professor zog die Füße ein, setzte sich kerzengerade auf und straffte seine Weste.

»Die Godowskas«, murmelte er. »Kennen Sie sie? Mutter und Tochter aus Wien. Die Mutter hat ein inneres Leiden und die Tochter ist Schauspielerin. Fräulein Sonia ist eine sehr moderne Seele. Ich bin sicher, Sie wäre Ihnen sehr sympathisch. Im Augenblick muß sie sich um ihre Mutter kümmern. Aber welch ein Temperament! In ihrem Gästebuch habe ich sie einmal als Tigerin mit einer Blume im Haar bezeichnet. Würden Sie mich bitte jetzt entschuldigen? Vielleicht kann ich sie Ihnen einmal vorstellen.«

Ich sagte: »Ich gehe auf mein Zimmer.« Aber der Professor erhob sich und drohte mir neckisch mit dem Finger. »Na«, sagte er, »wir sind Freunde, und deshalb spreche ich ganz offen zu Ihnen. Ich denke, die Damen würden es ein wenig ›verdächtig‹ finden, wenn Sie sich bei ihrem Näherkommen sofort ins Haus zurückzögen, nachdem Sie mit mir hier allein in der Dämmerung gesessen haben. Sie kennen doch die Welt. Sie kennen sie genauso gut wie ich.«

Ich zuckte mit den Schultern und sah aus den

Augenwinkeln, daß die Godowskas, während der Professor geredet hatte, über den Rasen auf uns zugeschlendert waren. Als der Herr Professor sich ganz aufgerichtet hatte, traten sie vor ihn hin.

»Guten Abend«, sagte Frau Godowska mit zitternder Stimme. »Herrliches Wetter! Ich habe davon einen rechten Heuschnupfen bekommen!« Fräulein Godowska sagte nichts. Sie stürzte sich auf eine Rose, die in dem Obstgarten in spe wuchs, erst dann streckte sie dem Professor mit einer würdevollen Geste die Hand entgegen. Er stellte mich vor.

»Das ist meine kleine englische Freundin, von der ich gesprochen habe. Sie ist noch fremd in unserer Mitte. Wir haben zusammen Kirschen gegessen.«

»Wie entzückend«, seufzte Frau Godowska. »Meine Tochter und ich haben Sie schon oft durchs Schlafzimmerfenster beobachtet. Nicht wahr, Sonia?«

Sonia betrachtete meine sichtbare äußere Gestalt mit einem nach innen gerichteten vergeistigten Blick, dann wiederholte sie für mich die würdevolle Geste. Wir vier saßen auf der Bank mit jenem Anflug von Erregung, den Reisende verspüren, die in einem Eisenbahnabteil sitzen und auf den Pfiff zur Abfahrt warten. Frau Godowska nieste. »Ich weiß nicht, ob es

Heuschnupfen ist«, bemerkte sie und suchte in ihrem Ridikül nach einem Taschentuch, »oder womöglich ist es der Tau. Sonia, meine Liebe, fällt der Tau schon?«

Fräulein Sonia reckte das Gesicht empor und schloß halb die Augen. »Nein, Mama, mein Gesicht ist ganz warm. Oh, sehen Sie doch, Herr Professor, da oben fliegen Schwalben; sie sind wie ein kleiner Schwarm japanischer Gedanken – nicht wahr?«

»Wo«, rief der Herr Professor. »Ah ja, ich sehe sie, über dem Schornstein bei der Küche. Aber warum sagen Sie ›japanisch‹? Könnte man sie nicht mit gleichem Recht einen kleinen Schwarm deutscher fliegender Gedanken nennen?« Er wandte sich an mich. »Haben Sie in England Schwalben?«

»Ich glaube, zu bestimmten Jahreszeiten gibt es welche. Aber zweifellos haben sie nicht denselben symbolischen Wert für die Engländer. In Deutschland –«

»Ich war noch nie in England«, unterbrach mich Fräulein Sonia, »aber ich habe viele englische Bekannte. Sie sind so kalt!« Sie fröstelte.

»Fischblütig«, schimpfte Frau Godowska. »Ohne Seele, ohne Herz, ohne Anmut. Aber ihre Kleiderstoffe sind unübertroffen. Vor zwanzig Jahren habe ich eine Woche in Brighton verbracht, und der Reiseumhang, den ich dort gekauft habe, ist noch kein bißchen abgetragen – der, in den du immer die Wärmflasche wickelst, Sonia. Mein seliger Gatte, dein Vater, Sonia, wußte sehr viel über England. Aber je mehr er darüber wußte, desto öfter bemerkte er zu mir: ›England ist nichts als eine Insel aus Rindfleisch, die in einem warmen Golfstrom von Bratensoße schwimmt.‹ Er hatte eine so geistreiche Art, sich auszudrücken. Erinnerst du dich daran, Sonia?«

»Ich vergesse nichts, Mama«, antwortete Sonia.

Da sagte der Herr Professor: »Ein untrügliches Zeichen Ihrer Berufung, gnädiges Fräulein. Und doch frage ich mich – und das ist ein sehr interessantes Problem – ist das Gedächtnis ein Segen oder – verzeihen Sie das Wort – ein Fluch?«

Frau Godowska blickte in die Ferne, dann sackten ihre Mundwinkel nach unten, Runzeln gruben sich in ihre Haut. Sie brach in Tränen aus.

»Ach, Gott! Gnädige Frau, was habe ich nur gesagt?« rief der Herr Professor.

Sonia nahm die Hand ihrer Mutter. »Denk doch«, sagte sie, »zum Abendessen gibt es gedünstete Karotten und eine Nußtorte. Wir sollten hineingehen und unsere Plätze einnehmen«, mit einem dramatischen Blick von der Seite, der den Professor und mich mit Vorwürfen überschüttete.

Ich folgte ihnen über den Rasen und die Treppe hinauf. Frau Godowska murmelte: »So ein guter, lieber Mann«; während Fräulein Sonia mit der freien Hand ihr ›Wickengesteck‹ richtete.

* * *

»Ein Benefizkonzert für in Not geratene katholische Kinder findet um acht Uhr dreißig im Salon statt. Künstler: Fräulein Sonia Godowska aus Wien; Herr Professor Windberg und seine Posaune; Frau Oberlehrer Weidel u. a.«

Diese Mitteilung war dem melancholischen Hirschkopf im Speisesaal um den Hals gebunden worden. Schon Tage vor dem Ereignis zierte es ihn wie ein rotweißes Lätzchen, was den Professor dazu veranlaßte, sich zu verneigen und ihm ›guten Appetit‹ zu wünschen, bis wir des Scherzes müde wurden und das Lächeln dem Kellner überließen, der dafür bezahlt wurde, den Gästen gefällig zu sein.

Am Tag des Ereignisses schwebten die verheirateten Damen mit Kleidern wie Polstersessel durch die Pension und die unverheirateten wie drapierte Frisiertischdecken aus Musselin. Frau Godowska befestigte eine Rose auf ihrem Ridikül. Eine weitere Blüte steckte in den verschlungenen Falten eines weißen Antimakassars, den sie über ihre Brust geworfen hatte. Die Herren trugen schwarze Röcke, weiße Seidenkrawatten und farnartige Knopflochsträuße, die am Kinn kitzelten.

Der Boden des Salons war frisch gebohnert, man hatte Stühle und Bänke aufgestellt und eine Schnur mit Wimpeln an der Decke befestigt – sie flogen und flatterten aufgeregt im Durchzug wie ein ganzer Familienwaschtag. Es war ausgemacht, daß ich bei Frau Godowska sitzen sollte; und der Herr Professor und Sonia würden sich uns zugesellen, wenn sie mit ihrem Auftritt fertig waren.

»Sie werden sich fast wie eine der Mitwirkenden fühlen«, sagte der Herr Professor freundlich. »Es ist ein Jammer, daß die englische Nation so unmusikalisch ist. Machen Sie sich nichts draus! Heute abend sollen Sie etwas zu hören bekommen – wir haben während der Proben jede Menge verborgene Talente entdeckt.«

»Was werden Sie deklamieren, Fräulein Sonia?«

Sie warf ihr Haar zurück. »Das weiß ich nie bis zum letzten Augenblick. Wenn ich auf die Bühne gehe, warte ich einen Moment, und dann habe ich das Gefühl, als ob mich hier etwas träfe«, – sie legte die Hand auf ihre Busennadel – »und … die Worte kommen einfach!«

»Bück dich kurz«, flüsterte ihre Mutter. »Sonia, meine Liebe, die Sicherheitsnadel an deinem

Rock ist hinten zu sehen. Soll ich mit hinausgehen und sie richten, oder machst du es selbst?«

»Ach Mama, red bitte nicht so«, Sonja errötete und wurde sehr böse. »Du weißt doch, wie empfindlich ich bei diesen Anlässen auf die geringste Störung reagiere … Soll mir doch der Rock vom Leibe fallen –«

»Sonja – mein Herz!«

Eine Glocke klingelte.

Der Kellner kam herein und öffnete den Flügel. Im Eifer des Gefechts vergaß er völlig, was sich gehörte, und wischte die Tasten mit der schmutzigen Serviette ab, die er über dem Arm trug. Die Frau Oberlehrer betrat das Podest, gefolgt von einem sehr jungen Herrn, der sich zweimal schnäuzte, ehe er das Taschentuch in die Tiefen des Flügels schleuderte.

»Keine Liebe willst du mir schenken
Und auch kein Vergißmeinnicht.
Keine Liebe, kein Herz und kein Vergißmeinnicht«,

sang die Frau Oberlehrer mit einer Stimme, die aus einem verlorenen Fingerhut zu kommen schien und nichts mit ihr zu tun hatte.

»Ach, wie reizend, wie tief empfunden«, riefen wir und beklatschten sie tröstend. Sie verbeugte sich, als wollte sie sagen: »Ja, nicht wahr?« dann trat sie zurück, während der sehr junge Herr mit finsterem Blick ihrer Schleppe auswich.

Der Flügel wurde geschlossen, ein Sessel wurde in die Mitte des Podests gestellt. Fräulein Sonia wallte darauf zu.

Atemlose Stille. Dann traf der geflügelte Pfeil ganz offensichtlich ihre Busennadel. Sie flehte uns an, nicht in Kleidern mit Schleppen in den Wald zu gehen, sondern möglichst leicht gewandet, und sich mit ihr zusammen auf Tannennadeln zu betten. Ihre laute, etwas rauhe Stimme füllte den Salon. Sie ließ ihre Arme über die Rückenlehne baumeln und bewegte die mageren Hände in den Handgelenken. Wir waren gebannt und stumm. Der Professor neben mir hatte, ungewöhnlich ernst, die Augen aufgerissen und zupfte an seinen Schnurrbartspitzen. Frau Godowska nahm die besonders selbstvergessene Haltung der stolzen Mutter an. Der einzige, der von ihrem Reiz unberührt blieb, war der Kellner, der müßig an der Salonwand lehnte und sich die Fingernägel mit der Ecke eines Programmblattes säuberte. Er hatte »dienstfrei« und beabsichtigte das auch zu zeigen.

»Was habe ich gesagt«, rief der Herr Professor im Schutze des tosenden Beifalls, »Tem-pe-rament! Da haben Sie's. Sie ist eine Flamme im Innern einer Lilie. Ich weiß, ich werde gut spielen.

Jetzt bin ich an der Reihe. Ich bin inspiriert. Fräulein Sonia« – als die junge Dame, bleich und in einen breiten Shawl gehüllt, zu uns zurückkehrte – »Sie sind meine Inspiration. Heute abend sind Sie die Seele meiner Posaune. Sie werden es hören.«

Rechts und links von uns beugten sich Leute vor und hauchten Worte der Bewunderung in Fräulein Sonias Ausschnitt. Sie verbeugte sich in vollendeter Manier.

»Ich habe immer Erfolg«, sagte sie zu mir. »Sehen Sie, wenn ich spiele, dann bin ich *ich*. In Wien, bei Ibsen, bekamen wir so viele Buketts, daß die Köchin drei in die Küche stellen mußte. Aber hier ist es schwierig. Es fehlt der gewisse Zauber. Fühlen Sie es nicht? Es fehlt dieser geheimnisvolle Duft, der fast greifbar vom Wiener Publikum heraufweht. Meine Seele lechzt danach.« Sie beugte sich vornüber, das Kinn auf der Hand. »Lechzt«, wiederholte sie.

Der Professor erschien mit seiner Posaune, blies hinein, hielt sie vor ein Auge, zupfte seine Manschetten hoch und schwelgte in der Seele von Sonia Godowska. Er rief so große Begeisterung hervor, daß er als Zugabe noch einen bayerischen Tanz spielen mußte, bei dem es sich, wie er einräumte, eher um eine Einspielübung denn um große Kunst handelte. Frau Godowska schlug mit einem Fächer den Takt dazu.

Es folgte der sehr junge Herr, der tenoral krähte, daß er jemanden »mit Blut im Herzen und tausend Schmerzen« liebte. Fräulein Sonia gab eine Vergiftungsszene mit Hilfe der Pillendose ihrer Mutter, wobei der Sessel durch eine Chaiselongue ersetzt wurde; ein junges Mädchen kratzte ein Wiegenlied auf einer jungen Geige; und der Professor vollzog die letzte Opferhandlung auf dem Altar der in Not geratenen Kinder, indem er die Nationalhymne spielte.

»Jetzt muß ich Mama ins Bett bringen«, flüsterte Fräulein Sonia. »Aber dann muß ich einen Spaziergang machen. Ich muß meine Seele unbedingt noch eine Weile durchs Freie schweifen lassen. Würden Sie mich bis zum Bahnhof und zurück begleiten?«

»Ja gut, dann klopfen Sie doch an meine Tür, wenn Sie soweit sind.«

Und so kam es, daß sich die moderne Seele und ich unter den Sternen zusammenfanden.

»Was für eine Nacht!« sagte sie. »Kennen Sie das Gedicht von Sappho, wo von ihren Händen in den Sternen die Rede ist … Ich bin eigentümlich sapphisch. Und das Merkwürdigste ist – nicht nur bin ich sapphisch, ich finde in allen Werken der größten Schriftsteller, besonders in ihren unveröffentlichen Briefen, eine Andeutung, eine Spur von mir selbst – eine Ähnlichkeit, einen Teil von mir, wie unzählige Reflexionen meiner eigenen Hände in einem dunklen Spiegel.«

»Was für eine Plage«, sagte ich.

»Ich weiß nicht, was Sie unter ›Plage‹ verstehen; es ist nun einmal der Fluch meines Genies ...« Plötzlich schwieg sie und sah mich starr an. »Wissen Sie, was mein Schicksal ist?«

Ich schüttelte den Kopf.

»Meine Mutter ist mein Schicksal. Indem ich mit ihr lebe, lebe ich mit dem Sarg meiner ungeborenen Sehnsüchte. Sie haben das mit der Sicherheitsnadel ja selbst gehört. Für Sie mag es eine Kleinigkeit sein, aber es hat meine drei ersten Gesten ruiniert. Sie wurden –«

»Von einer Sicherheitsnadel zunichte gemacht«, schlug ich vor.

»Ja, ganz genau. Und wenn wir in Wien sind, bin ich gewissen Stimmungsschwankungen unterworfen, müssen Sie wissen. Ich sehne mich danach, wilde, leidenschaftliche Dinge zu tun. Und Mama sagt: ›Gib mir bitte zuerst meine Tropfen.‹ Ich entsinne mich, wie ich einmal einen Wutanfall bekommen und den Krug vom Waschtisch aus dem Fenster geworfen habe. Wissen Sie, was sie gesagt hat? ›Sonia, ich wäre froh, du würdest – wenn du schon Sachen aus dem Fenster werfen mußt –‹«

»Etwas Kleineres nehmen?« sagte ich.

»Nein … ›mir vorher Bescheid sagen‹. Erniedrigend! Und ich sehe kein Licht, das mich aus dieser Finsternis führen könnte.«

»Warum treten Sie nicht einer Wanderbühne bei und lassen Ihre Mutter in Wien?«

»Was! Meine arme, kleine, kranke, verwitwete Mutter in Wien lassen! Eher würde ich ins Wasser gehen. Ich liebe meine Mutter wie keinen anderen Menschen auf der Welt – niemanden und nichts! Glauben Sie denn, man könnte sein Schicksal nicht lieben? ›Aus meinen großen Schmerzen mach ich die kleinen Lieder‹, das ist von Heine oder von mir.«

»Na, dann ist es ja in Ordnung«, sagte ich fröhlich.

»Aber es ist nicht Ordnung.«

Ich schlug vor umzukehren. Wir kehrten um.

»Manchmal denke ich, eine Lösung wäre, zu heiraten«, sagte Fräulein Sonia. »Wenn ich einen einfachen, friedliebenden Mann fände, der mich bewundert und für Mama sorgt – einen Mann, der ein Ruhekissen für mich wäre – denn auf Zeugung kann ein Genie nicht hoffen – dann würde ich ihn heiraten … Wissen Sie, der Herr Professor schenkt mir die allergrößte Aufmerksamkeit.«

»Ach, Fräulein Sonia«, sagte ich und war sehr mit mir zufrieden, »warum verheiraten Sie ihn nicht mit Ihrer Mutter?« Wir gingen gerade am Friseursalon vorbei. Fräulein Sonia klammerte sich an meinen Arm.

»Sie, Sie«, stammelte sie. »Diese Grausamkeit. Ich werde gleich ohnmächtig. Mama zu verheiraten, ehe ich heirate – die Schande. Ich falle auf der Stelle in Ohmacht.«

Ich bekam Angst. »Das können Sie nicht tun«, sagte ich und schüttelte sie. »Kommen Sie mit zurück zur Pension, dort können Sie so viel in Ohnmacht fallen, wie Sie wollen. Aber nicht hier. Alle Geschäfte sind zu. Kein Mensch weit und breit. Bitte, seien Sie nicht so töricht.«

»Hier und nirgendwo sonst!« Sie zeigte auf die genaue Stelle, ließ sich sehr anmutig fallen und lag reglos da.

»Na schön«, sagte ich, »werden Sie ruhig ohnmächtig; aber bitte beeilen Sie sich.«

Sie rührte sich nicht. Ich machte mich auf den Weg nach Hause, aber wenn ich mich umschaute, sah ich stets die dunkle Gestalt der modernen Seele vor dem Friseursalon liegen. Schließlich rannte ich los und spürte den Professor in seinem Zimmer auf. »Fräulein Sonia ist in Ohmacht gefallen«, sagte ich mißmutig.

»Du lieber Gott! Wo? Wie?«

»Vor dem Friseursalon in der Bahnhofstraße.«

»Jesus und Maria! Hat sie kein Wasser dabei?« – er griff nach seiner Karaffe – »niemand bei ihr?«

»Nichts.«

»Wo ist mein Rock? Einerlei, ich werde einen Katarrh bekommen. Und ich werde ihn mit Freuden bekommen … Sind Sie bereit, mich zu begleiten?«

»Nein«, sagte ich; »Sie können den Kellner mitnehmen.«

»Aber sie braucht eine Frau. Es wäre höchst ungehörig, wenn ich ihr das Korsett öffne.«

»Moderne Seelen sollten keins tragen«, sagte ich. Er drängte an mir vorbei und polterte die Treppe hinunter.

* * *

Als ich am nächsten Morgen zum Frühstück hinunterging, waren zwei Plätze am Tisch leer. Fräulein Sonia und der Herr Professor waren zu einem Tagesausflug in den Wald aufgebrochen.

Das gab mir zu denken.

Bei ›Lehmann‹

Sabina fand das Leben gewiß nicht langweilig. Sie war von früh morgens bis spät in die Nacht auf den Beinen. Um fünf Uhr kroch sie aus den Federn, schlüpfte in ihre Kleider – eine Alpakaschürze mit Ärmeln und das schwarze Kleid – und tastete sich hinunter in die Küche.

Anna, die Köchin, war im Laufe des Sommers so dick geworden, daß sie am liebsten im Bett lag, weil sie dort ihr Korsett nicht tragen mußte, sondern sich räkeln und auf der großen Matratze herumwälzen konnte, so viel sie wollte, wobei sie Jesus und die Jungfrau Maria und sogar den heiligen Antonius anrief, weil jedes Schwein im Keller es besser habe als sie.

Sabina war neu in der Stellung. Die Röte schoß ihr noch in die Wangen; neben dem linken Mundwinkel hatte sie ein kleines Grübchen, das sogar auftauchte, wenn sie sehr ernst und sehr beschäftigt war, und sie verriet. Und Anna war von Herzen dankbar für das Grübchen. Es bedeutete eine zusätzliche halbe Stunde im Bett, in der Sabina das Feuer anmachte, die Küche fegte und die zahllosen Tassen und Untertassen abspülte, die vom Abend noch herumstanden. Hans, der Küchenjunge, kam nicht vor sieben. Er war der Sohn des Metzgers – ein unscheinbares, zu kurz geratenes Kind, das den Würsten seines Vaters ähnelte, wie Sabina fand. Sein rotes Gesicht war voller Pickel, und seine Fingernägel waren unbeschreiblich schmutzig. Als sogar Herr Lehmann ihn aufforderte, doch eine Haarnadel zu nehmen und sie zu säubern, sagte er, sie seien von Geburt an so schmutzig, weil seine Mutter immer Tintenfinger bekommen habe, wenn sie die Buchhaltung machte – und Sabina glaubte es und hatte Mitleid mit ihm.

Der Winter war sehr früh in Mindelbau eingezogen. Ende Oktober waren die Straßen hüfthoch von Schnee gesäumt, und die meisten Kurgäste, denen die Kaltwasserbehandlungen und Kräuter ohnehin zum Hals heraushingen, waren empört abgereist. Daher war der große Salon bei ›Lehmann‹ geschlossen, und der Cafébetrieb fand nur noch im Frühstückszimmer statt. Hier mußte der Boden geschrubbt, mußten die Tische abgewischt und Kaffeetassen hergerichtet werden, jede mit einem Porzellanschälchen für Zucker daneben, und die Zeitungen und Zeitschriften an ihren Haken an den Wänden hängen, ehe Herr Lehmann um halb acht erschien und das Geschäft öffnete.

Im Laden – von dem aus man ins Café gelangte – bediente normalerweise seine Frau, aber sie hatte die ruhige Saison gewählt, um ein Kind zu bekommen, und die ohnehin kräftige Frau war zuletzt so unförmig geworden, daß der Mann zu ihr sagte, sie sehe unappetitlich aus und solle lieber oben bleiben und nähen.

Sabina übernahm die Extraarbeit ohne einen Gedanken an Extralohn. Sie liebte es, hinter der Theke zu stehen und Stücke von Annas herrlichem Schokoladenkuchen abzuschneiden oder Zuckermandeln in rosa-blau-gestreifte Tüten zu füllen.

»Du wirst noch Krampfadern kriegen wie ich«, sagte Anna. »Die Frau hat auch welche bekommen. Kein Wunder, daß das Kind nicht kommt! Ihre Beine sind dicker als alles andere.« Und Hans spitzte die Ohren.

Am Vormittag war das Geschäft vergleichsweise ruhig. Sabina kam, wenn die Ladenglocke klingelte, bediente die wenigen Kunden, die einen Likör tranken, um sich den Magen vor dem Mittagessen aufzuwärmen, und rannte hin und wieder die Treppe hinauf, um die Frau zu fragen, ob sie etwas wünsche. Aber am Nachmittag spielten sechs oder sieben Geistesgrößen Karten, und alle, die sich für etwas Besseres hielten, tranken Tee oder Kaffee.

»Sabina … Sabina …«

Sie flog von einem Tisch zum anderen, zählte Hände voll Kleingeld ab, rief Anna durch die Durchreiche die Bestellungen zu und half den Männern in die schweren Mäntel, und dies mit einer zauberhaft kindlichen Miene, als sei alles für sie ein fortwährendes Fest.

»Wie geht es Frau Lehmann?« flüsterten die Frauen.

»Sie ist geschwächt, aber es geht ihr den Umständen entsprechend gut«, antwortete Sabina und nickte vertraulich.

Frau Lehmanns schwere Stunde rückte näher. Anna und ihre Freundinnen nannten es ihre »Reise nach Rom«, und Sabina hätte zu gern Fragen gestellt; da sie sich jedoch ihrer Unwissenheit schämte, schwieg sie und versuchte alles allein zu enträtseln. Sie wußte im Grunde gar nichts, außer daß die Frau ein kleines Kind im Bauch hatte, das herauskommen mußte – was sicher sehr schmerzhaft war. Man konnte keins bekommen ohne Ehemann – auch das war ihr klar. Aber was hatte der Mann damit zu tun? Das fragte sie sich, wenn sie abends Geschirrtücher flickte, den Kopf über die Arbeit gebeugt, während das Licht auf ihre braunen Locken fiel. Geburt – was war das? fragte sich Sabina. Tod – das war einfach. Sie besaß eine kleine

Photographie von ihrer toten Großmutter; sie trug ein schwarzes Seidenkleid, und müde Hände umklammerten das Kruzifix, das auf ihrer flachen Brust lag, der Mund seltsam verkniffen und doch fast heimlich lächelnd. Aber auch die Großmutter war einmal geboren worden – das war das Entscheidende.

Als sie eines Abends so dasaß und grübelte, betrat der »junge Mann« das Café und bestellte ein Glas Portwein. Sabina erhob sich langsam. Nach dem langen Tag in dem warmen Raum fühlte sie sich ein wenig benommen, doch als sie den Wein einschenkte, spürte sie den Blick des jungen Mannes, sah zu ihm hinunter und zeigte ihr Grübchen.

»Es ist kalt draußen«, sagte sie und verkorkte die Flasche.

Der junge Mann fuhr sich mit den Händen durch sein mit Schnee bepudertes Haar und lachte.

»Tropisch würde ich es jedenfalls nicht nennen«, sagte er, »aber Sie haben es sehr gemütlich hier drinnen – Sie sehen aus, als hätten Sie gerade geschlafen.«

Sehr benommen fühlte sich Sabina in dem warmen Raum, und die Stimme des jungen Mannes war kräftig und tief. Sie dachte, daß sie noch nie jemanden gesehen hatte, der so kräftig aussah – als könne er den Tisch mit einer Hand hochheben – und sein ruheloser Blick, der über ihr Gesicht und ihren Körper glitt, verursachte eine seltsame Erregung in ihr, halb Lust, halb Schmerz … Sie wollte dort stehenbleiben, dicht bei ihm, während er seinen Wein trank. Eine kurze Stille folgte. Dann nahm er ein Buch aus der Tasche, und Sabina ging zu ihrem Nähzeug zurück. Während sie dort in der Ecke saß, lauschte sie auf das Umblättern der Seiten und auf das laute Ticken der Uhr, die über dem vergoldeten Spiegel hing. Sie wollte ihn wieder anschauen – es war etwas Besonderes an ihm, seine tiefe Stimme, sogar die Art, wie er seine Kleider trug. Aus dem Zimmer über ihr hörte sie die schweren, schleppenden Schritte von Frau Lehmann, und wieder beunruhigten sie die alten Gedanken. Wenn sie selbst eines Tages so aussehen würde – sich so fühlte! Doch es wäre gewiß entzückend, ein Kindchen zu haben, das man ankleidete und auf dem Schoß hüpfen ließ.

»Fräulein – wie war der Name – worüber lächeln Sie?« rief der junge Mann.

Sie wurde rot und blickte auf, die Hände ruhten in ihrem Schoß; sie sah über die leeren Tische und schüttelte den Kopf.

»Kommen Sie, ich zeige Ihnen ein Bild«, befahl er.

Sie ging und stellte sich neben ihn. Er öffnete das Buch, und Sabina sah ein buntes Bild von einem nackten Mädchen mit einem Zylinder auf dem Hinterkopf, das auf der Kante eines großen, zerwühlten Bettes saß.

Er legte seine Hand über den Körper, so daß nur das Gesicht zu sehen war, und schaute Sabina prüfend an.

»Na?«

»Was meinen Sie?« fragte sie, obwohl sie es ganz genau wußte.

»Nun, es könnte ein Photographie von Ihnen sein – das Gesicht, meine ich – den Rest kann ich nicht beurteilen.«

»Aber sie ist anders frisiert«, sagte Sabina lachend. Sie warf den Kopf zurück, und das Lachen gluckste in ihrem runden, weißen Hals.

»Ein ganz hübsches Bild, finden Sie nicht?« fragte er. Aber sie schaute auf den seltsamen Ring, den er an der Hand trug, die den Körper des Mädchens bedeckte, und nickte nur.

»Haben Sie so etwas schon einmal gesehen?«

»Ach, in den illustrierten Zeitungen gibt es viele sonderbare Bilder.«

»Und wie würden Sie es finden, so photographiert zu werden?«

»Ich? Ich würde es nie jemandem zeigen. Außerdem habe ich keinen solchen Hut.«

»Der ist leicht zu beschaffen.«

Wieder Stille, die von Anna unterbrochen wurde, als sie die Durchreiche aufstieß.

Sabina rannte in die Küche.

»Hier, bring die Eimilch zur Frau hinauf«, sagte Anna. »Wen hast du denn da drinnen?«

»Einen komischen Kerl! Ich glaube, er ist nicht ganz richtig hier«; und sie tippte sich an die Stirn.

Oben in dem häßlichen Zimmer saß die Frau, ein schwarzes Tuch um die Schultern gelegt, die Füße in rotwollene Pantoffeln gezwängt, und nähte. Das Mädchen stellte die Milch neben sie auf den Tisch, dann stand sie da und polierte an ihrer Schürze den Löffel.

»Wünschen Sie noch etwas?«

»Nein«, sagte die Frau und erhob sich schwerfällig aus ihrem Stuhl. »Wo ist mein Mann?«

»Er ist drüben bei Luitpold, Karten spielen. Soll er kommen?«

»Um Himmels willen, laß ihn bloß in Ruhe. Ich bin nichts. Ich zähle nicht ... Und den ganzen Tag lang nichts als warten.«

Ihre Hand zitterte, als sie den Rand des Glases mit ihrem dicken Finger abwischte.

»Soll ich Ihnen ins Bett helfen?«

»Geh runter, laß mich in Ruhe. Sag Anna, sie soll aufpassen, daß Hans die Finger vom Zucker läßt – gib ihm eins hinter die Ohren.«

»Häßlich – häßlich – häßlich«, murmelte Sabina, als sie ins Café zurückging, wo der junge Mann abmarschbereit im Mantel stand.

»Ich komme morgen wieder«, sagte er. »Kämmen Sie Ihr Haar nicht so straff zurück; sonst gehen die Locken raus.«

»Na, Sie sind ja lustig«, sagte sie. »Auf Wiedersehen.«

Als Sabina endlich zu Bett gehen konnte, schnarchte Anna schon. Sie bürstete ihr langes Haar und nahm es mit den Händen zusammen … Es wäre eigentlich schade, wenn die Locken herausgingen. Dann sah sie auf ihre Chemise hinunter, zog sie aus und setzte sich auf die Bettkante.

»Wenn doch ein riesengroßer Spiegel hier im Zimmer wäre«, flüsterte sie und lächelte schläfrig.

Als sie sich im Dunkeln niederlegte, umschlang sie mit den Armen ihren kleinen Körper.

»Ich möchte nicht die Frau sein, nicht für hundert Mark – nicht für tausend Mark. So auszusehen.«

Und halb im Traum stellte sie sich vor, wie sie mit der Portweinflasche in der Hand vom Stuhl aufstand, weil der junge Mann das Café betrat.

Der nächste Morgen; kalt und dunkel. Sabina wachte auf; sie war müde, fühlte sich, als habe die ganze Nacht etwas Schweres auf ihr Herz gedrückt. Draußen auf dem Flur waren schlurfende Schritte zu hören. Herr Lehmann! Sie mußte verschlafen haben. Ja, er rüttelte an der Türklinke.

»Sofort, sofort«, rief sie und zog sich die Strümpfe an.

»Bina, sag Anna, sie soll zur Frau gehen – aber schnell. Ich muß mit dem Wagen die Hebamme holen.«

»Ja, ja!« schrie sie. »Ist es da?«

Aber er war gegangen, und sie rannte zu Anna hinüber und rüttelte sie an der Schulter.

»Die Frau – das Kind – Herr Lehmann zur Hebamme«, stotterte sie.

»Um Gottes willen!« sagte Anna und sprang aus dem Bett.

Keine Klagen heute. Alles an Anna kündete von Wichtigkeit – Aufregung.

»Lauf runter und mach Feuer im Herd. Setz einen Topf mit Wasser auf« – und sprach, während sie ihre Bluse zuknöpfte, zu einem unsichtbaren Patienten: »Ja, ja, ich weiß – das Schlimmste ist noch nicht vorbei – ich komme – nur Geduld.«

Den ganzen Tag über war es dunkel. Das Licht wurde angedreht, schon als das Café öffnete, und es herrschte lebhafter Betrieb. Anna, die von der Hebamme aus dem Zimmer vertrieben worden war, weigerte sich zu arbeiten, sie hockte in einer

Ecke und lauschte auf die Geräusche, die von oben herabdrangen. Hans zeigte mehr Mitgefühl als Sabina. Auch er weigerte sich zu arbeiten, stand am Fenster und bohrte in der Nase.

»Warum muß ich alles allein machen?« rief Sabina, während sie Gläser spülte. »Ich kann der Frau nicht helfen; sie sollte sich lieber etwas beeilen.«

»Horch«, sagte Anna, »sie haben sie in das hintere Schlafzimmer gebracht, damit sie die Gäste nicht belästigt. Sie hat aber auch gestöhnt eben!«

»Zwei kleine Bier«, schrie Herr Lehmann an der Durchreiche.

»Sofort, sofort.«

Um acht Uhr war das Café leer. Sabina setzte sich ohne ihr Nähzeug in die Ecke. Oben war anscheinend weiter nichts geschehen. Ein Doktor war gekommen – das war alles.

»Ach, ich will nicht mehr daran denken«, sagte Sabina. »Ich horche auch nicht mehr. Am liebsten würde ich weggehen – ich hasse dieses Gerede. Ich kann es nicht mehr hören. Nein, wirklich nicht.« Sie stützte beide Ellbogen auf den Tisch – legte das Gesicht in die Hände und schmollte.

Doch als plötzlich die Ladentür aufging, sprang sie auf und lachte. Es war der junge Mann. Er bestellte wieder einen Portwein und hatte diesmal kein Buch dabei.

»Setzen Sie sich doch nicht so meilenweit weg«, klagte er. »Ich möchte unterhalten werden. Und hier, nehmen Sie meinen Mantel. Können Sie ihn nicht irgendwo trocknen? – es schneit wieder.«

»In der Damengarderobe – da ist es warm«, sagte sie. »Ich bringe ihn hin – gleich neben der Küche.«

Sie fühlte sich besser, war schon wieder fröhlich.

»Ich komme mit Ihnen«, sagte er. »Dann sehe ich, wo Sie ihn hinbringen.«

Und das schien überhaupt nicht ungewöhnlich. Sie lachte und winkte ihn zu sich.

»Hier herein«, rief sie. »Merken Sie, wie warm es ist. Ich stecke noch mehr Holz in den Ofen. Es macht nichts, sie sind alle oben beschäftigt.«

Sie kniete sich auf den Boden, warf das Holz in den Ofen und lachte über die sündhafte Verschwendung.

Die Frau war vergessen, der dumme Tag war vergessen. Hier war jemand, der mir ihr lachte. Sie waren zusammen in dem kleinen, warmen Raum und stahlen Herrn Lehmann das Holz. Es schien ihr das aufregendste Abenteuer der Welt. Sie wollte immer weiter lachen – oder anfangen zu weinen – oder – oder – sich an dem jungen Mann festhalten.

»Wie das brennt«, jauchzte sie und streckte die Hände aus.

»Nehmen Sie meine Hand; ich helfe Ihnen hoch«, sagte der junge Mann. »So, und morgen setzt es dann ein Donnerwetter.«

Sie standen einander gegenüber und hielten sich immer noch an der Hand. Und wieder durchlief Sabina dieses seltsame Zittern.

»Sieh mich an«, sagte er roh, »bist du so ein Kind, oder tust du nur so?«

»Ich – ich –« Alles Lachen erstarb. Sie schaute kurz zu ihm hoch, dann auf den Boden; sie atmete wie ein erschrockenes kleines Tier.

Er zog sie näher und küßte sie auf den Mund.

»Was tun Sie da?« flüsterte sie.

Er ließ ihre Hände los, er legte seine Hände auf ihre Brüste, und der Raum schien sich um Sabina zu drehen. Plötzlich, aus dem Zimmer über ihnen, ein furchtbarer, durchdringender Schrei.

Sie entwand sich ihm, straffte sich, reckte das Kinn.

»Wer war das – wer hat so geschrien?«

* * *

In der Stille das dünne Wimmern eines Neugeborenen.

»Ach!« schrie Sabina und stürzte aus dem Raum.

Das Luftbad

Ich glaube, es sind die Schirme, die uns so lächerlich aussehen lassen.

Als ich zum ersten Mal hinter die Absperrung gelassen wurde und meine Mitbadenden praktisch splitterfasernackt herumlaufen sah, dachte ich sofort, daß die Schirme etwas vom ›Kleinen schwarzen Sambo‹ hatten.

Man *kann* ein grünes Etwas aus Baumwolle mit einem roten Sittich-Griff nicht würdevoll hochhalten, wenn der Stoff, den man am Leib trägt, kaum größer ist als ein Taschentuch.

Es gibt keine Bäume im Luftbad. Dafür gibt es eine Reihe schlichter Holzkabinen, ein Badehaus, zwei Schaukeln und zwei sonderbare Keulen – die eine scheint aus dem Arsenal von Herkules oder des deutschen Heeres zu stammen, die andere ist ohne Bedenken auch von Kleinkindern zu benutzen.

Und dort setzen wir uns bei jedem Wetter der Luft aus – spazieren herum oder sitzen in kleinen Gruppen zusammen, unterhalten uns über unsere Wehwehchen und Werte und alle Übel, von denen das Fleisch heimgesucht wird.

Ein hoher Holzzaun umgibt uns von allen Seiten; die Tannen, die ihn überragen, schauen etwas hochmütig auf uns herab und stoßen einander auf eine Art an, die für eine Debütantin nur schwer zu ertragen ist. Auf der anderen Seite des Zauns, rechts, ist die Männerabteilung. Wir hören, wie sie Bäume fällen und Bretter zersägen, schwere Gewichte auf den Boden schleudern und mehrstimmig singen. Ja, sie nehmen die Sache viel ernster.

Am ersten Tag dachte ich ständig an meine Beine und ging dreimal in die Kabine, um auf die Uhr zu sehen, doch als mich eine Frau, mit der ich drei Wochen lang Schach gespielt hatte, schlichtweg übersah, nahm ich mir ein Herz und schloß mich einer Gruppe an.

Wir lagerten uns auf dem Boden, während uns eine ungarische Dame gewaltigen Ausmaßes erzählte, was für ein schönes Grab sie für ihren zweiten Gatten gekauft hatte.

»Es ist eine Gruft«, sagte sie, »mit einem hübschen schwarzen Gitter. Und so groß, daß ich hineingehen und darin herumlaufen kann. Von beiden hängen Photographien dort, mit zwei sehr schönen Kränzen, die mir der Bruder meines ersten Mannes geschickt hat. Die Vergrößerung eines Familienbildes hängt auch dort und eine kolorierte Widmung, die mein erster Gatte zur

Hochzeit geschenkt bekommen hat. Ich bin oft dort; es ist ein so angenehmes Ausflugsziel an einem schönen Samstagnachmittag.«

Plötzlich legte sie sich flach auf den Rücken, atmete sechsmal tief durch und setzte sich dann wieder auf.

»Der Todeskampf war entsetzlich«, fuhr sie munter fort; »vom zweiten, meine ich. Der ›erste‹ wurde von einem Möbelwagen überfahren, und aus der Tasche seiner neuen Weste wurden ihm fünfzig Mark gestohlen, aber der ›zweite‹ starb siebenundsechzig Stunden lang. Die ganze Zeit habe ich nicht zu weinen aufgehört – sogar nicht, als ich die Kinder zu Bett brachte.«

Eine junge Russin mit Ponyfransen auf der Stirn wandte sich an mich.

»Können Sie den ›Salome‹-Tanz?« fragte sie. »Ich schon.«

»Wie entzückend«, sagte ich.

»Soll ich jetzt tanzen? Würden Sie es gerne sehen?«

Sie sprang auf die Füße und vollführte während der nächsten zehn Minuten eine Reihe erstaunlicher Verrenkungen, dann hielt sie inne, heftig atmend, und drehte ihr langes Haar zusammen.

»Ist das nicht großartig?« sagte sie. »Und danach schwitzt man so schön. Ich nehme rasch ein Bad.«

Mir gegenüber war die braunste Frau, die ich je gesehen hatte, sie lag auf dem Rücken, die Arme über dem Kopf verschränkt.

»Wie lang sind Sie heute schon hier?« wurde sie gefragt.

»Ach, ich verbringe jetzt immer den ganzen Tag hier«, antwortete sie. »Ich mache meine eigene Kur, ich ernähre mich nur von rohem Gemüse und Nüssen, und ich fühle mich mit jedem Tag geistig reger und reiner. Aber ist das so verwunderlich? Die meisten Menschen leben mit Schweinekorpuskeln und Rinderfermenten im Hirn. Das Wunder ist, daß die Welt überhaupt so gut ist, wie sie ist. Ich lebe von einfacher, natürlicher Kost« – sie zeigte auf einen kleinen Beutel neben sich – »etwas Salat, eine Karotte, eine Kartoffel und ein paar Nüsse bilden eine vollständige und vernünftige Ernährung. Ich wasche sie unter dem Wasserhahn und esse sie roh, so wie Mutter Erde sie uns schenkt – frisch und rein.«

»Mehr essen Sie nicht am Tag?« rief ich.

»Wasser. Und vielleicht eine Banane, wenn ich nachts aufwache.« Sie drehte sich um und stützte sich auf den Ellbogen. »Sie stopfen zuviel in sich hinein«, sagte sie; «das ist schändlich! Wie soll die Flamme unseres Geistes leuchten unter Schichten von überflüssigem Fett?«

Ich wünschte, sie würde mich nicht so anstarren, und ich überlegte schon, zu gehen und in der Kabine auf meine Uhr zu schauen, als ein kleines Mädchen mit einer Korallenkette um den Hals zu uns kam.

»Die arme Frau Hauptmann kann heute nicht kommen«, sagte sie; »sie hat am ganzen Körper rote Flecke wegen ihrer Nerven. Sie hat sich gestern sehr aufgeregt, nachdem sie zwei Postkarten geschrieben hat.«

»Nicht sehr robust, die Gute«, warf die Ungarin ein, »aber nett im Umgang. Stellen Sie sich vor, sie hat zwei goldene Zahnkronen vorne! Aber es geht wirklich nicht, daß sie ihre Töchter so kurze Matrosenkleidchen tragen läßt. Sie sitzen auf der Bank und schlagen auf schamloseste Weise die Beine übereinander. Was machen Sie heute nachmittag, Fräulein Anna?«

»Ach«, sagte die Korallenkette, »der Herr Oberleutnant hat mich gebeten, mit ihm nach Landsdorf zu kommen. Er muß dort Eier kaufen, für seine Mutter daheim. Er spart einen Pfennig an acht Eiern, weil er die richtigen Bauern kennt, mit denen er handeln kann.«

»Sind Sie Amerikanerin?« fragte die Gemüsedame und drehte sich zu mir um.

»Nein.«

»Dann sind Sie Engländerin?«

»Nun, eigentlich –«

»Eins von beidem müssen Sie doch sein; entweder, oder. Ich habe Sie mehrmals allein spazierengehen sehen. Sie tragen Ihr –«

Ich stand auf und setzte mich auf die Schaukel. Die Luft war angenehm kühl, als sie über meinen Körper strich. Über mir zogen weiße Wolken anmutig am blauen Himmel. Der Tannenwald verströmte einen wilden Geruch, die Äste wiegten sich, ruhig rauschend. Ich fühlte mich so leicht und frei und glücklich – wie ein Kind! Ich hätte der Gruppe im Gras, die nahe zusammengerückt war und aufgeregt flüsterte, am liebsten die Zunge herausgestreckt.

»Wissen Sie«, rief eine Stimme von den Kabinen her, »daß Schaukeln sehr schädlich für den Magen ist? Eine meiner Freundinnen hat es soweit getrieben, daß sie drei Wochen lang nichts mehr bei sich behalten konnte.«

Ich ging zum Badehaus und ließ mich abspritzen.

Während ich mich anzog, klopfte jemand an die Wand.

»Haben Sie schon gehört«, sagte eine Stimme, »daß ein Mann im Luftbad nebenan richtig *wohnt*? Er gräbt sich bis zu den Achselhöhlen in Schlamm ein und weigert sich, an die Dreifaltigkeit zu glauben.«

Die Schirme sind meine Rettung im Luftbad. Wenn ich jetzt hingehe, nehme ich den »Sturm«-Schirm meines Mannes mit, setze mich in eine Ecke und verstecke mich dahinter.

Und gewiß nicht, weil ich mich meiner Beine schäme.

Ein Geburtstag

Andreas Binzer erwachte allmählich. Er drehte sich auf dem schmalen Bett um und streckte sich – gähnte – öffnete den Mund, so weit er konnte, und schlug dann die Zähne mit einem lauten »Klack« aufeinander. Das Klacken faszinierte ihn; er wiederholte es mehrere Male schnell hintereinander, schnappte mit dem Kiefer. Was für Zähne! dachte er. Tadellos in Schuß, alle ohne Ausnahme. Nie mußte einer gezogen, nie einer plombiert werden. Das ist der Lohn, wenn man sich vernünftig ernährt und abends und morgens gründlich die Zähne putzt. Er stützte sich auf den linken Ellbogen und langte mit dem rechten Arm über die Bettkante, um nach dem Stuhl zu tasten, auf dem nachts seine Uhr und Uhrkette lagen. Es war kein Stuhl da – natürlich, er hatte es vergessen, in diesem elenden Gästezimmer gab es keinen Stuhl. Er hatte das verflixte Ding unter sein Kopfkissen stecken müssen. »Halb neun, Sonntag, Frühstück um neun – Zeit fürs Bad« – sein Gehirn tickte mit der Uhr. Er sprang aus dem Bett und ging zum Fenster. Die Jalousie war kaputt und hing wie ein Fächer oben an der Scheibe … »Die muß repariert werden. Ich sage dem Laufburschen Bescheid, daß er morgen auf dem Heimweg vorbeikommen und sich darum kümmern soll – er versteht sich auf Jalousien. Ich gebe ihm zwei Groschen, und er wird es genauso gut machen wie ein Tischler ... Anna könnte es auch machen, wenn es ihr besser ginge. Und ich könnte es natürlich auch, aber ich steige so ungern auf wackelige Trittleitern.« Er sah zum Himmel auf: Der leuchtete seltsam weiß, wolkenlos; er sah hinunter auf die schmalen Gartenparzellen und Hinterhöfe. Der Zaun der Gärten verlief am Rand einer Schlucht, über die eine eiserne Hängebrücke führte, und die Leute hatten die üble Angewohnheit, ihre leeren Konservenbüchsen über den Zaun in die Schlucht zu werfen. Was war von ihnen auch anderes zu erwarten! Andreas begann, Büchsen zu zählen, und beschloß, einen bitterbösen Brief an die Zeitung zu schreiben, und zwar unterzeichnet – mit vollem Namen.

Das Dienstmädchen kam aus dem Hintereingang und ging auf den Hof, in der Hand seine Stiefel. Sie warf den einen auf den Boden, steckte die Hand in den anderen und starrte ihn an, während sie ihre Wangen einsog. Dann beugte sie sich vor, spuckte auf die Kappe und begann ihn mit einer Bürste blank zu putzen, die sie aus ihrer Schürzentasche gezogen hatte ... »Dieses kleine

Luder! Weiß der Teufel, welcher Erreger jetzt in diesem Stiefel brütet. Anna muß dieses Mädchen fortschicken – und wenn sie eine Weile ohne auskommen muß – sobald sie wieder auf den Beinen ist. Wie sie den einen Stiefel hingeschmissen und dann auf den anderen gespuckt hat! Es war ihr ganz egal, wessen Stiefel sie da in der Hand hat. Sie heuchelt nicht einmal Respekt vor dem Herrn des Hauses.« Er wandte sich vom Fenster ab und riß mißmutig sein Handtuch von der Stange am Waschtisch. »Ich habe ein zu weiches Herz für einen Mann – das ist mein Problem. So war es schon immer, und so wird es auch immer bleiben.«

Es klopfte leise an die Tür, und seine Mutter kam herein. Sie schloß die Tür hinter sich und lehnte sich gegen sie. Andreas bemerkte, daß ihre Haube schief saß; eine lange Haarsträhne fiel ihr über die Schulter. Er trat auf sie zu und küßte sie.

»Guten Morgen, Mutter; wie geht es Anna?«

Die alte Frau sprach schnell, rang die Hände.

»Andreas, bitte geh zu Doktor Erb, sobald du angezogen bist.«

»Warum«, sagte er, »geht es ihr schlecht?«

Frau Binzer nickte, und Andreas, der sie beobachtete, sah, wie sich ihr Gesicht plötzlich veränderte. Ein feines Netz von Falten überzog die Haut.

»Setz dich einen Augenblick aufs Bett«, sagte er. »Bist du die ganze Nacht aufgewesen?«

»Ja. Nein, ich setze mich nicht. Ich muß wieder zu ihr. Anna hat die ganze Nacht Schmerzen gehabt. Sie wollte dich nicht früher behelligen, weil du gestern so schlecht ausgesehen hast, sagt sie. Du hast ihr erzählt, daß du eine Erkältung hast und daß du dir Sorgen machst.«

Andreas spürte sofort den Vorwurf.

»Sie wollte es ja hören, hat einfach nicht aufgehört zu bohren; du weißt, wie sie ist.«

Wieder nickte Frau Binzer.

»Ja, ja, ich weiß. Sie fragt, ob deine Erkältung besser ist, und in der großen Schublade links liegt ein warmes Unterhemd für dich.«

Unwillkürlich räusperte sich Andreas zweimal.

»Ja«, antwortete er. »Sag ihr, der Hals fühlt sich schon viel freier an. Ich sollte sie wohl lieber nicht stören, oder?«

»Nein, und außerdem mußt du dich beeilen, Andreas.«

»In fünf Minuten bin ich fertig.«

Sie gingen auf den Flur. Als Frau Binzer die Tür zum vorderen Schlafzimmer öffnete, drang ein langgezogenes Stöhnen zu ihnen.

Andreas erschrak entsetzlich. Er eilte zurück ins Badezimmer, drehte beide Wasserhähne so weit auf, wie es ging, putzte sich die Zähne und schnitt sich die Nägel, während das Wasser lief.

»Wie furchtbar, wie furchtbar«, hörte er sich murmeln. »Ich verstehe es einfach nicht. Es ist schließlich nicht ihr erstes – es ist ihr drittes. Der alte Herr Schäfer hat mir gestern erzählt, seine Frau hätte ihr viertes einfach ›verloren‹. Anna bräuchte eine ausgebildete Pflegerin. Mutter ist zu nachgiebig. Mutter verwöhnt sie. Und was soll das heißen, ich hätte Anna gestern beunruhigt. Reizende Bemerkung zu einem Ehemann in einer solchen Situation. Ist mit den Nerven am Ende, vermutlich – und ich und mein weiches Herz wieder.«

Als er in die Küche ging, um die Stiefel zu holen, beugte sich das Dienstmädchen gerade über den Herd und bereitete das Frühstück zu. »Und da bläst sie jetzt hinein«, dachte Andreas und war sehr kurz angebunden zu ihr. Sie bemerkte es nicht. Sie war schrecklich aufgeregt und kam sich sehr wichtig vor wegen der Vorgänge oben. Ihr war, als lerne sie mit jedem Atemzug, den sie tat, etwas über die Geheimnisse des Lebens. Sie hatte heute morgen den Tisch gedeckt und »Junge« gesagt, als sie den ersten Teller hinstellte, »Mädchen« beim zweiten – beim Salzlöffel hatte es mit »Junge« geendet. »Ich könnte es dem gnädigen Herrn eigentlich erzählen, damit er sich freut«, dachte sie. Aber der gnädige Herr gab ihr keine Gelegenheit dazu.

»Leg ein Gedeck mehr auf«, sagte er; »der Doktor will vielleicht einen Kaffee.«

»Der Doktor, gnädiger Herr?« Das Dienstmädchen zog überrascht den Löffel aus der Pfanne, und Fett tropfte auf den Herd. »Soll ich noch mehr braten?« Aber der Herr war schon aufgestanden und schlug die Tür hinter sich zu. Er eilte die Straße entlang – weit und breit war niemand zu sehen – völlig ausgestorben war es hier an einem Sonntagmorgen. Als er die Hängebrücke überquerte, stieg aus der Schlucht der strenge Geruch von Fenchel und verrotteten Abfällen zu ihm herauf, und wieder fing Andreas an, einen Brief zu formulieren. Er bog in die Hauptstraße ein. Die Rolläden der Geschäfte waren noch unten. Zeitungsfetzen, Heu und Obstschalen lagen auf dem Gehsteig; die Rinnsteine waren mit dem Unrat vom Samstagabend verstopft. Zwei Hunde tollten auf der Straße herum, raufend und beißend. Nur die Gastwirtschaft an der Ecke war geöffnet; ein junger Kellner schüttete Wasser zur Tür hinaus.

Vorsichtig, mit verkniffenem Blick, stapfte Andreas durch das Wasser. »Merkwürdig, was mir heute alles auffällt. Muß am Sonntag liegen. Ich hasse Sonntage, wenn Anna sich nicht rühren kann und die Kinder weg sind. Am Sonntag hat der Mann doch wohl das Recht, im Kreise seiner Familie zu sein. Alles ist hier verdreckt, der ganze Ort wird noch im Unrat versinken, wenn in der Straße nicht bald mal ordentlich gekehrt wird. Den werten Herren von der Regierung würde ich gern mal meine Meinung sagen.« Er straffte die Schultern. »Jetzt zu diesem Doktor.«

»Doktor Erb ist beim Frühstück«, teilte ihm das Mädchen mit. Sie führte ihn ins Wartezimmer, einen dunklen Raum, in dem es muffig roch, mit Farngewächsen in einem Glaskasten am Fenster. »Er sagt, er kommt sofort, mein Herr, dort liegt eine Zeitung auf dem Tisch.«

»Was für ein Loch«, dachte Binzer, trat ans Fenster und trommelte mit den Fingern auf die Abdeckung des Glaskastens. »So, beim Frühstück ist er also? Und ich war so dumm und laufe mit leerem Magen los.«

Ein Milchwagen polterte über die Straße, der Fahrer stand hinten auf und knallte mit der Peitsche; am Revers seiner Jacke steckte eine große Geranienblüte. Fest wie ein Fels stand er da, ein wenig zurückgelehnt, auf dem schwankenden Gefährt. Andreas machte einen langen Hals, als er ihm mit seinen Blicken bis ans Ende der Straße folgte, und noch als er verschwunden war, horchte er auf das durchdringende Klappern der Kannen.

»Ach, der hat es gut«, überlegte er. »Hätte nichts dagegen, selbst so ein Leben zu führen. Früh aufstehen, um elf fertig mit der Arbeit, dann den restlichen Tag faulenzen, bis zum Melken.« Was, wie er wußte, nicht ganz richtig war, aber er wollte sich bemitleiden.

Das Mädchen öffnete die Tür und trat beiseite, um Doktor Erb Platz zu machen. Andreas fuhr herum; die beiden Männer gaben sich die Hand.

»Nun, Binzer«, sagte der Doktor jovial und wischte sich ein paar Krümel von der silbergrauen Weste, »wird der Sohn und Erbe zudringlich?«

Andreas' Laune besserte sich schlagartig. Sohn und Erbe, alle Wetter! Er war froh, endlich wieder mit einem Mann reden zu können. Und obendrein mit einem vernünftigen Mann, der praktisch tagtäglich mit so einer Sache zu tun hatte.

»Sieht ganz so aus, Herr Doktor«, antwortete er lächelnd und nahm den Hut in die Hand. »Mutter hat mich aus dem Bett geworfen, mit dem strikten Befehl, Sie mitzubringen.«

»Der Wagen ist sofort da. Sie fahren doch mit mir zurück? Ungewöhnlich schwül heute; Sie sind schon rot wie eine Runkelrübe.«

Andreas lachte künstlich. Der Doktor hatte eine unangenehme Angewohnheit – er bildete sich ein, er könne sich über jeden lustig machen, nur weil er Arzt war. »Er und seinesgleichen platzen förmlich vor Eitelkeit«, dachte Andreas.

»Wie war die Nacht für Ihre Frau?« fragte der Doktor. »Ah, da ist der Wagen. Erzählen Sie es mir auf dem Weg. Setzen Sie sich möglichst in die Mitte, Binzer, hören Sie? Mit Ihrem Gewicht bringen Sie den ganzen Wagen in Schräglage – es ist wirklich schlimm mit Euch erfolgreichen Geschäftsleuten.«

»Er wiegt mindestens zehn Kilo mehr als ich ...«, dachte Andreas. »Der Mann mag ja ein guter Arzt sein – aber ansonsten, Gott bewahre.«

»Auf geht's, meine Schöne.« Doktor Erb gab der kleinen, braunen Stute einen kurzen Schlag mit der Peitsche. »Hat Ihre Frau letzte Nacht geschlafen?«

»Nein, ich glaube nicht«, antwortete Andreas einsilbig. »Ehrlich gesagt, mir paßt es nicht, daß sie keine Pflegerin hat.«

»Ach, Ihre Mutter ist mehr wert als ein Dutzend Pflegerinnen«, rief der Doktor voller Begeisterung. »Ehrlich gesagt, halte ich nicht sehr viel von Krankenpflegerinnen – sie sind zu roh – roh wie Rindfleisch. Sie zerren an dem Kind herum, als rängen sie mit dem Tod um den Leichnam des Patroklus ... Kennen Sie das Bild von diesem englischen Maler? Leighton? Wunderbar – diese Kraft!«

»Jetzt geht das los«, dachte Andreas, »protzt mit seinem Wissen, um mich als dumm hinzustellen.«

»Was Ihre Mutter betrifft – sie ist resolut – sie ist tüchtig. Tut, was man ihr sagt, und das mit Gefühl. Sehen Sie sich nur mal diese Geschäfte an – die reinsten Eitergeschwüre. Wie um alles in der Welt kann die Regierung dulden «

»So schlimm ist es auch nicht – brauchen nur mal einen neuen Anstrich.«

Der Doktor pfiff eine kleine Melodie und gab der Stute noch einmal die Peitsche.

»Nun, hoffen wir, daß der kleine Bengel seiner Mutter nicht allzu viel Kummer macht«, sagte er. »Da wären wir.«

Ein schmächtiger kleiner Junge, der auf dem Rücksitz des Wagens herumgehüpft war, sprang herunter und hielt den Kopf des Pferdes fest. Andreas ging geradewegs ins Eßzimmer und überließ es dem Dienstmädchen, den Doktor nach oben zu führen. Er setzte sich, schenkte sich Kaffee ein und aß ein halbes Brötchen, ehe er sich vom Fisch nahm. Dann bemerkte er, daß für den Fisch keine Wärmeplatte bereitstand – das ganze Haus war völlig durcheinander. Er läutete, und das Mädchen kam mit einem Tablett herein, auf dem sich eine Suppenschüssel und eine Wärmeplatte befanden.

»Ich habe sie auf dem Herd warm gehalten«, säuselte sie.

»Oh, danke, sehr freundlich.« Während er die Suppe aß, erwärmte sich sein Herz für dieses dumme Mädchen.

»Es ist gut, daß Doktor Erb gekommen ist«, redete das Dienstmädchen drauflos, beifallheischend.

»Hm, hm«, machte Andreas.

Erwartungsvoll blieb sie noch einen Augenblick stehen, verdrehte dann die Augen und eilte, die Männer verfluchend, in die Küche zurück; sie schwor sich, niemals Kinder zu bekommen.

Andreas löffelte die Suppenschüssel leer und verputzte den ganzen Fisch. Während er aß, wurde es in dem Raum langsam dunkler. Ein Wind kam auf und peitschte die Äste gegen das Fenster. Vom Eßzimmer aus sah man den Wellenbrecher des Hafens, und auf dem Meer rollten schon hohe Wogen. Wind strich ums Haus und heulte monoton.

»Es gibt ein Gewitter. Was bedeutet, daß ich den ganzen Tag hier eingesperrt bin. Aber es hat auch sein Gutes; Gewitter reinigt die Luft.« Er hörte, wie das Dienstmädchen geschäftig im Haus herumrannte und die Fenster schloß. Dann sah er sie kurz im Garten, wie sie Geschirrtücher von der Wäscheleine nahm. Fleißig war sie, das war nicht zu leugnen. Er nahm ein Buch und schob seinen Lehnstuhl ans Fenster. Aber es hatte keinen Zweck. Zu dunkel zum Lesen; er hielt nichts davon, die Augen zu sehr anzustrengen, und Gaslicht um zehn Uhr morgens schien ihm absurd. Also rutschte er tiefer in den Sessel, legte die Ellbogen auf die gepolsterten Armlehnen und gab sich ausnahmsweise müßigen Träumen hin. »Ein Junge? Ja, dieses Mal mußte es ein Junge werden … ›Wie viele Kinder haben Sie, Binzer?‹ ›Nun, zwei Mädchen und einen Jungen!‹ Eine hübsche Zahl. Natürlich war er der letzte, der ein Kind dem anderen vorziehen würde, aber ein Mann brauchte einen Sohn. ›Ich baue das Geschäft für meinen Sohn auf! Binzer & Sohn! Das bedeutet in den nächsten zehn Jahren sehr sparsam zu leben, die Ausgaben so gering wie möglich zu halten; und dann –«

Ein gewaltiger Windstoß fuhr ums Haus, ergriff es, schüttelte es, ließ nach, nur um es noch heftiger zu packen. Die Wellen schwollen höher an vor dem Wellenbrecher, und Gischt peitschte über ihn hinweg. Am weißen Himmel trieben graue Wolkenfetzen.

Andreas fühlte Erleichterung, als er Doktor Erb die Treppe herunterkommen hörte; er stand auf und zündete das Licht an.

»Stört es Sie, wenn ich rauche?« fragte Doktor

Erb und zündete sich eine Zigarette an, ehe Andreas Zeit hatte, etwas zu antworten. »Sie rauchen nicht, oder? Keine Zeit, ungesunden Lastern zu frönen!«

»Wie geht es ihr?« fragte Andreas; er haßte den Mann.

»Den Umständen entsprechend gut; armes Ding. Sie hat mich gebeten, runterzugehen und nach Ihnen zu sehen. Sie hat gesagt, sie weiß, daß Sie sich Sorgen machen.« Mit lachenden Augen betrachtete er den Frühstückstisch. »Aber Sie haben es ja ganz offensichtlich geschafft, etwas zu sich zu nehmen, hm?«

»Huu-iih!« heulte der Wind und rüttelte an den Schiebefenstern.

»Eine Pest – dieses Wetter«, sagte Doktor Erb.

»Ja, es zerrt an Annas Nerven, und gute Nerven braucht sie jetzt.«

»Was soll das heißen?« erwiderte der Doktor. »Nerven! Herrjeh! Sie hat bessere Nerven als Sie und ich zusammen. Nerven wie Stahlseile. Sie ist eine Frau, die den ganzen Tag hart im Haus arbeitet und wie nebenbei in vier Jahren auch noch drei Kinder zur Welt bringt.«

Er schnipste seine halbgerauchte Zigarette in den Kamin und schaute stirnrunzelnd zum Fenster.

»Macht er mir jetzt auch noch Vorwürfe«, dachte Andreas. »Das ist schon das zweite Mal heute morgen – zuerst Mutter, und jetzt dreht dieser Mann mir einen Strick daraus, daß ich ein zu weiches Herz habe.« Er traute sich nicht zu sprechen und klingelte nach dem Dienstmädchen.

»Räumen Sie das Frühstück ab«, befahl er. »Ich kann es nicht leiden, wenn die Sachen bis zum Mittagessen auf dem Tisch herumstehen.«

»Seien Sie doch nicht so streng mit dem Mädchen«, sagte Doktor Erb beschwichtigend. »Sie hat heute die doppelte Arbeit.«

Binzers Ärger kochte über.

»Ich muß Sie bitten, sich nicht zwischen mich und das Dienstpersonal zu stellen!« Und er ärgerte sich im selben Moment, daß er nicht einfach »Dienstmädchen« gesagt hatte.

Doktor Erb ließ sich nicht aus der Ruhe bringen. Er schüttelte den Kopf, steckte die Hände in die Hosentaschen und begann auf den Füßen zu wippen.

»Ihnen setzt das Wetter zu«, sagte er trocken, »das ist alles. Wirklich dumm – dieser Sturm. Sie wissen ja, das Wetter hat einen nicht zu unterschätzenden Einfluß auf die Geburt. Ein schöner Tag heitert die Frau auf – macht ihr Mut für ihre Aufgabe. Gutes Wetter am Tag der Niederkunft ist so wichtig wie gutes Wetter am Waschtag. Nicht schlecht – meine letzte Bemerkung, hm? Für einen alten Knochen wie mich?«

Andreas gab keine Antwort.

»Na, dann werde ich mal zu meiner Patientin zurückgehen. Warum gehen Sie nicht spazieren und lassen sich ein bißchen frische Luft um die Nase wehen? Das wäre jetzt genau das richtige für Sie.«

»Nein«, antwortete er, »lieber nicht; es ist zu stürmisch.«

Er ging zu seinem Sessel am Fenster zurück. Während das Dienstmädchen den Tisch abräumte, tat er, als lese er … dann kamen die Träume! Es schien Jahre her zu sein, daß er Zeit gehabt hatte, einfach so vor sich hin zu träumen – nie kam er zur Ruhe. Den ganzen Tag mit Arbeit überlastet, und am Abend konnte er sie nicht einfach abschütteln wie andere Männer. Außerdem interessierte sich Anna für seine Arbeit – sie unterhielten sich nahezu über nichts anderes. Sie wäre eine wunderbare Mutter für einen Jungen: Sie hatte die Dinge fest im Griff.

Kirchenglocken begannen in der stürmischen Luft zu läuten, bald klang es, als kämen sie von weit her, bald als wären alle Kirchen der Stadt plötzlich in ihre Straße versetzt. Sie rührten etwas in ihm an, diese Glocken, etwas Unbestimmtes und Zartes. Genau um diese Zeit pflegte ihn Anna sonst vom Flur aus zu rufen. »Andreas, komm her und laß dir den Rock abbürsten. Ich bin fertig.«

Dann gingen sie los, sie bei ihm eingehängt und zu ihm aufblickend. Sie war wirklich ein kleines Persönchen. Er erinnerte sich, daß er einmal, als sie gerade verlobt waren, gesagt hatte: »Du reichst mir genau bis zu meinem Herzen«, und sie war auf einen Hocker gesprungen und hatte lachend seinen Kopf zu sich heruntergezogen. Damals war sie noch ein Kind gewesen, in ihrem Verhalten jünger als ihre Kinder, fröhlicher, mit mehr Schwung, mehr Feuer. Wie sie immer die Straße entlanggelaufen kam, um ihn vom Geschäft abzuholen! Und wie sie lachte, als sie nach einem Haus gesucht hatten. Herrjeh! ihr Lachen! Er mußte grinsen, dann wurde er plötzlich ernst. Die Ehe veränderte eine Frau gewiß mehr als einen Mann. Man stößt sich die Hörner ab, heißt es. In zwei Monaten hatte sie all ihren Schwung verloren! Aber wenn erst einmal diese Sache mit dem Sohn überstanden war, würde sie wieder kräftiger werden. Er fing an, eine kleine Reise für sie beide zu planen. Er würde sie einfach entführen, und sie würden irgendwo zusammen von morgens bis abends faulenzen. Zum Teufel, sie waren schließlich noch jung. Sie hatten sich festgefahren; er mußte sie nur hier herausholen, das war alles.

Er stand auf und ging ins Wohnzimmer, schloß sorgfältig die Tür und nahm die Photographie von

Anna vom Klavier herunter. Sie trug ein weißes Kleid mit einer großen Schleife aus irgendeinem weichen Stoff unterm Kinn und stand ein wenig steif da, ein Gebinde aus künstlichem Mohn und Ähren in den Händen. Zart sah sie auch damals schon aus; es lag an ihrem schweren Haar. Die Last der Zöpfe schien sie niederzudrücken, und doch lächelte sie. Andreas holte tief Luft. Das war seine Frau – dieses Mädchen. Pah! die Photographie war nur vier Jahre alt. Er hielt sie sich vor die Augen, beugte sich vor und küßte sie. Dann rieb er mit dem Handrücken über das Glas. In diesem Augenblick hörte Andreas wieder dieses schreckliche Stöhnen, gedämpfter als vorhin im Flur, aber nicht weniger beunruhigend. Der Wind nahm es mit einem spöttischen Echo auf, blies es über die Dächer der Häuser, die Straße hinab, weit weg von ihm. Er warf die Arme hoch: »Ich bin so verdammt hilflos«, sagte er, und dann zum Bild: »Vielleicht ist es ja gar nicht so schlimm, wie es klingt; vielleicht ist das wieder nur mein zu weiches Herz.« Im Dämmerlicht des Wohnzimmers schien sich das Lächeln auf Annas Bild zu verändern, geheimnisvoll, ja grausam zu werden. »Nein«, überlegte er, »dieses Lächeln ist überhaupt nicht ihr glücklichster Gesichtsausdruck – es war ein Fehler, sie so lächelnd zu photographieren. Sie sieht gar nicht wie meine Frau aus – nicht wie die Mutter meines Sohnes.« Ja, das war es, sie sah auf dem Bild nicht aus wie die Mutter eines Sohnes, der der Mithinhaber der Firma sein würde. Das Bild ärgerte ihn; er hielt es in ein anderes Licht, sah es von weitem an, von der Seite, verbrachte – wie es ihm später vorkam – eine Ewigkeit damit, um es mit der Person in Einklang zu bringen. Je mehr er sich damit beschäftigte, desto größer wurde sein Ärger. Dreimal trug er es zum Kamin hinüber und beschloß, es hinter den japanischen Funkenschirm zu werfen; dann fand er es albern, einen teuren Rahmen zu verschwenden. Doch er konnte sich nicht länger etwas vormachen. Anna sah wie eine Fremde aus – abnormal, mißgestaltet – es glich einem Bild, das man kurz vor oder nach ihrem Tod gemacht hatte.

Plötzlich wurde ihm bewußt, daß sich der Wind gelegt hatte, daß das ganze Haus still war, unheimlich still. Kalt und bleich, mit einem widerlichen Gefühl, als würden ihm Spinnen über den Rücken und über das Gesicht kriechen, stand er mitten im Wohnzimmer und hörte, wie der Doktor die Treppe herunterkam.

Er sah, wie Doktor Erb ins Zimmer trat; der Raum schien sich in eine große Glaskugel zu verwandeln, die sich drehte, und in dieser Glaskugel schien Doktor Erb auf ihn zuzuschwimmen

– Wie ein großer Goldfisch in einer silbergrauen Weste.

»Meine geliebte Frau, sie ist nicht mehr!« Er wollte es hinausschreien, ehe der Doktor sprach.

»Na bitte, diesmal hat sie sich einen Jungen geangelt!« sagte Doktor Erb. Andreas torkelte auf ihn zu.

»Vorsicht. Bleiben Sie auf den Beinen«, sagte Doktor Erb, ergriff Binzers Arm; er drückte ihn, murmelte: »Weich wie Pudding.«

Andreas strahlte übers ganze Gesicht. Er jubelte.

»Bei Gott! Niemand kann *mir* vorwerfen, daß ich nicht wüßte, was es heißt, zu leiden«, sagte er.

Das Kind-das-müde-war

Sie wollte gerade eine kleine weiße Straße entlanggehen, mit hohen schwarzen Bäumen auf beiden Seiten, eine kleine Straße, die nirgendwohin führte und auf der kein einziger Mensch ging, als eine Hand nach ihrer Schulter griff, sie schüttelte, ihr einen Klaps gab.

»Ah, ah, nicht festhalten«, rief das Kind-das-müde-war. »Lassen Sie mich gehen.«

»Steh auf, du Nichtsnutz«, sagte eine Stimme; »steh auf und mach Feuer im Herd, oder muß ich dir Beine machen.«

Mit größter Mühe öffnete sie die Augen und sah die Frau neben sich stehen, das Jüngste wie ein Bündel unter den Arm geklemmt. Die drei anderen Kinder, die das Bett mit dem Kind-das-müde-war teilten, waren das Geschrei gewohnt und schliefen friedlich weiter. In der Zimmerecke knöpfte sich der Mann die Hosenträger an.

»Was fällt dir ein, die ganze Nacht dazuliegen wie ein Sack Kartoffeln? Deinetwegen hat das Kleine zweimal das Bett naß gemacht.«

Sie antwortete nicht, sondern band die Schnur

ihres Unterrocks fest und knöpfte mit kalten, zitternden Fingern den karierten Rock zu.

»So, das reicht. Nimm das Kleine mit in die Küche und mach dem Herrn den Kaffee auf der Spiritusflamme warm und gib ihm den Laib Schwarzbrot aus der Tischschublade. Bedien dich ja nicht selbst, ich merke es.«

Die Frau wankte durch den Raum, warf sich auf ihr Bett und stopfte sich das rote Kopfkissen in den Nacken.

Es war fast stockdunkel in der Küche. Sie legte den Säugling auf die Wandbank und deckte ihn mit einem Tuch zu, dann goß sie den Kaffee aus dem Tonkrug in den Kochtopf und stellte ihn zum Kochen auf die Spiritusflamme.

»Ich bin müde«, nickte das Kind-das-müde-war, kniete sich auf den Boden und spaltete die feuchten Kienscheite in Späne. »Deshalb bin ich nicht aufgewacht.«

Der Herd brauchte lange, bis er brannte. Vielleicht fror er wie sie und war müde … Vielleicht hatte er von einer kleinen weißen Straße geträumt, mit schwarzen Bäumen auf beiden Seiten, einer Straße, die nirgendwohin führte.

Da wurde die Tür heftig aufgerissen, und der Mann kam herein.

»He, was hockst du da am Boden herum?«

schrie er. »Gib mir meinen Kaffee. Ich muß los. Bah! Du hast nicht mal den Tisch abgewischt.«

Sie sprang auf die Füße, goß seinen Kaffee in einen Emaillebecher und gab ihm das Brot und ein Messer, dann nahm sie einen Putzlappen vom Spülstein und wischte über die schwarze Linoleumtischplatte.

»Du bist und bleibst ein Ferkel«, murmelte der Mann, der am Tisch saß und aus dem Fenster auf den zerrissenen Himmel sah, der schwer auf dem düsteren Land zu lasten schien. Er stopfte sich Brot in den Mund und spülte mit Kaffee nach.

Das Kind holte einen Eimer Wasser, krempelte die Ärmel auf, sah dabei stirnrunzelnd ihre Arme an, als wolle sie sie schelten, weil sie so dünn wie zwei kleine verkümmerte Äste waren, und fing an, den Boden zu schrubben.

»Was setzt du hier alles unter Wasser, solange ich da bin«, schimpfte der Mann. »Sieh zu, daß das Kleine aufhört zu heulen; das geht schon die ganze Nacht so.«

Das Kind nahm den Säugling auf den Schoß und wiegte ihn hin und her.

»Ts-ts-ts«, machte sie. »Die Augenzähne kommen durch, deshalb weint er so. Und wie er sabbert – ich habe noch nie ein Kind so sabbern sehen.« Sie wischte ihm Mund und Nase mit ihrem Rockzipfel ab. »Manche Kinder kriegen ihre Zähnchen, ohne daß man etwas davon merkt«, fuhr sie fort, »und manche führen sich die ganze Zeit so auf. Ich habe mal von einem Kind gehört, das gestorben ist, und man hat alle Zähnchen in seinem Magen gefunden.«

Der Mann stand auf, nahm seinen Umhang vom Haken hinter der Tür und warf ihn sich über.

»Es kommt noch eins«, sagte er.

»Was – noch ein Zähnchen!« rief das Kind und schüttelte zum ersten Mal an diesem Morgen die bleierne Schwere ab; es steckte einen Finger in den Mund des Säuglings.

»Nein«, sagte er grimmig, »noch ein Kind. Jetzt mach mit der Arbeit weiter; höchste Zeit, daß die Kinder aufstehen und in die Schule gehen.« Sie stand einen Augenblick ganz ruhig da, hörte seine schweren Schritte auf dem Steinboden im Flur, dann auf dem Kiesweg und schließlich das Zuschlagen des Gartentors.

»Noch ein Kind! Will sie denn immer noch mehr bekommen?« dachte das Kind-das-müde war. »Zwei Kinder, die Augenzähne bekommen – zwei Kinder, für die man nachts aufstehen muß – zwei Kinder, die man herumtragen und deren Windeln man waschen muß.« Sie schaute entsetzt auf das Kleine in ihren Armen, das den Abscheu in ihrem müden Blick zu verstehen schien, die kleinen Fäuste ballte, den Körper streckte und aus Leibeskräften zu schreien anfing.

»Ts-ts-ts.« Sie legte ihn auf die Bank und machte sich wieder daran, den Boden zu schrubben. Er hörte nicht eine Sekunde auf zu schreien, aber allmählich gewöhnte sie sich daran; und ihr Schrubber schlug den Takt dazu. Ach, wie müde sie war! Ach, die schwere Bürste und die brennende Stelle im Nacken, die so weh tat, und das merkwürdige Zucken hinten an ihrem Rockbund, als ob etwas kaputt gehen würde.

Die Uhr schlug sechs. Sie stellte den Milchtopf auf den Herd und ging ins Zimmer nebenan, um die drei Kinder zu wecken und anzuziehen. Anton und Hans lagen eng aneinandergeschmiegt da, in trauter Eintracht, die aber nur herrschte, wenn sie schliefen. Lena hatte sich eingerollt, die Knie unterm Kinn, und nur ein gerader, abstehender Zopf lag auf dem Kissen.

»Aufstehen«, rief das Kind in strengem Ton, zog die Bettdecke weg und gab den Jungen ein paar Püffe und Stöße. »Ich rufe schon seit einer halben Stunde. Es ist spät, und wenn ihr euch nicht sofort anzieht, sage ich es.«

Anton war wach genug, um sich umzudrehen und Hans in eine empfindliche Region zu treten, worauf Hans an Lenas Zopf zog, bis die nach ihrer Mutter schrie.

»Ach, seid doch leise«, flüsterte das Kind. »Und steht auf und zieht euch an. Ihr wißt doch, was sonst passiert. Kommt – ich helfe euch.«

Aber die Warnung kam zu spät. Die Frau stieg aus dem Bett, ging mit entschlossenen Schritten in die Küche und kam mit einer von einem dicken Seil zusammengebundenen Rute in der Hand zurück. Sie legte ein Kind nach dem anderen übers Knie und verabreichte ihm eine Tracht Prügel, verwandte eine letzte Kraftanstrengung auf das Kind-das-müde-war und legte sich dann mit dem guten Gefühl, ihre Mutterpflichten für den Tag erledigt zu haben, wieder ins Bett. Die drei ließen sich nun brav waschen und anziehen; und das Kind schnürte den Jungen sogar die Stiefel zu, da es aus Erfahrung wußte, wie sie sonst minutenlang herumhüpften, auf der Suche nach einer geeigneten Stütze für den Fuß, dann in die Hände spuckten und die Schnürsenkel abrissen.

Während sie ihnen das Frühstück hinstellte, lärmten die Kinder wieder, und das Kleine hörte nicht auf zu schreien. Nachdem sie den Blechtopf mit Milch gefüllt, den Gummisauger an der Flasche befestigt und ihn zunächst mit den Lippen befeuchtet hatte, versuchte sie das Kleine mit leisen Schmeichelworten zum Trinken zu bewegen, aber er warf die Flasche auf den Boden und zitterte am ganzen Leib.

»Augenzähne!« rief Hans und schlug Anton seinen leeren Becher auf den Kopf; »vielleicht kriegt er Stielaugenzähne.«

»Sehr witzig!« gab Lena zurück und streckte ihm die Zunge raus, und dann, als er umgehend dasselbe tat, schrie sie mit schriller Stimme: »Mutter, Hans hat mir die Zunge rausgestreckt!«

»Ja, ja«, sagte Hans; »heul nur, wenn du heute abend im Bett bist, komme ich, wenn du eingeschlafen bist, und nehme ein Stück Haut von deinem Arm und drehe und drehe, bis –« Er lehnte sich über den Tisch und schnitt Lena die gräßlichsten Fratzen, ohne zu bemerken, daß Anton hinter seinem Stuhl stand, bis der kleine Junge sich vorbeugte und seinem Bruder auf den kurzgeschorenen Kopf spuckte.

»O weh, o weh!«

Das Kind-das-müde-war stieß und zerrte sie auseinander, steckte sie in ihre Mäntel und trieb sie aus dem Haus.

»Beeilt euch! Es hat schon zweimal geläutet«, drängte sie, was nicht stimmte, aber die kleine Lüge bereitete ihr Vergnügen. Sie spülte das Frühstücksgeschirr, dann ging sie in den Keller hinunter, um Kartoffeln und Rote Rüben zu holen.

Was für ein seltsamer, kalter Raum, dieser Kohlenkeller! In einer Ecke waren Kartoffeln gelagert, die Rüben in einer alten Kiste für Kerzen, es gab zwei Fässer Sauerkraut und einen großen Haufen Dahlienknollen – die so lebendig aussahen, als kämpften sie miteinander, dachte das Kind.

Sie sammelte die Kartoffeln in ihren Rock, wählte große mit wenigen Augen, weil sie einfacher zu schälen waren, und als sie sich in dem stillen Keller über den elenden Kartoffelhaufen beugte, nickte sie ein.

»He, was machst du da unten?« schrie die Frau von der Treppe herunter. »Das Kleine ist von der Bank gefallen und hat über dem Auge eine Beule so groß wie ein Ei. Wenn du hochkommst, kannst du etwas erleben!«

»Ich kann nichts dafür – ich kann nichts dafür!« schrie das Kind, während es von einer Seite des Flurs zur anderen geschupst wurde, so daß die Kartoffeln und Rüben aus ihrem Rock kullerten.

Die Frau erschien ihr so groß wie eine Riesin, und in all ihren Bewegungen lag etwas Schweres und für eine so kleine Person wie sie Furchterregendes.

»Setz dich in die Ecke, putz das Gemüse und halt das Kind ruhig, ich gehe die Wäsche waschen.«

Sie gehorchte wimmernd, aber das Kleine ruhig zu halten, das war unmöglich. Sein Gesicht war heiß, kleine Schweißperlen bedeckten den ganzen Kopf, und es streckte den kleinen Körper und schrie. Sie hielt es auf den Knien, neben sich einen Topf mit kaltem Wasser für das geputzte Gemüse und den »Enteneimer« für die Schalen.

»Ts-ts-ts«, machte sie leise, während sie die Kartoffeln schälte und die Augen ausstach; »bald ist noch eins da, und ihr könnt nicht beide die ganze Zeit schreien. Warum schläfst du nicht, Kleines? Ich tät's, wenn ich du wäre. Ich erzähle dir einen Traum. Es war einmal eine kleine weiße Straße –«

Sie warf den Kopf in den Nacken, ein dicker Kloß würgte sie im Hals, und dann liefen ihr die Tränen übers Gesicht und auf das Gemüse.

»So geht es nicht«, sagte das Kind und schüttelte die Tränen ab. »Hör doch auf zu weinen, bis ich hiermit fertig bin, dann trage ich dich herum.«

Aber als sie soweit war, mußte sie für die Frau die Wäsche aufhängen. Wind war aufgekommen. Als sie so auf Zehenspitzen im Hof stand, hatte sie beinahe das Gefühl, sie würde weggeblasen. Aus dem Entenverschlag, der voller Jauche war, kam ein schlimmer Gestank, doch drüben auf der Wiese sah sie das Gras wie grüne Härchen wehen. Und sie erinnerte sich, von einem Kind gehört zu haben, das einmal den ganzen Tag lang auf genau so einer Wiese gespielt hatte, mit richtigen Würsten und Bier zum Mittagessen – und es war kein bißchen müde. Wer hatte ihr diese Geschichte bloß erzählt? Sie konnte sich nicht entsinnen, und doch stand sie ihr so klar vor Augen.

Die nassen Wäschestücke klatschten ihr ins Gesicht, während sie sie aufhängte; sie tanzten und sprangen auf der Leine, flatterten und bauschten sich auf. Mit schleppenden Schritten ging sie zum Haus zurück und blickte sehnsüchtig zum Gras auf der Wiese.

»Bitte, was soll ich jetzt tun?« fragte sie.

»Mach die Betten und häng die Matratze aus der Wiege aus dem Fenster, dann nimm den Kinderwagen und fahr den Kleinen auf der Straße spazieren. Vor dem Haus, denk daran – wo ich dich sehen kann. Und steh nicht rum und gaff! Wenn ich dich rufe, komm rein und hilf mir, den Salat zu schneiden.«

Nachdem das Kind die Betten gemacht hatte, stand es da und betrachtete sie. Sanft strich sie mit der Hand über das Kissen und dann, nur für einen Augenblick, ließ sie ihren Kopf darauf ruhen. Wieder der würgende Kloß im Hals, die dummen Tränen, die flossen und immer weiter flossen, als sie das Kleine anzog und den Wagen auf der Straße auf und ab schob.

Ein Mann mit einem Ochsenkarren kam vorbei. Er hatte eine lange, komische Feder am Hut und pfiff im Vorbeigehen. Zwei Mädchen mit Bündeln über der Schulter kamen aus dem Dorf gelaufen – eine trug ein rotes Kopftuch, die andere ein blaues. Sie lachten und hielten sich an den Händen. Dann schob die Sonne ein dickes, graues Wolkenknäuel beiseite, und warmes, gelbes Licht breitete sich über alles.

»Wer weiß«, dachte das Kind-das-müde-war, »wenn ich auf dieser Straße immer weiterliefe, dann käme ich vielleicht zu einer kleinen weißen Straße, mit hohen schwarzen Bäumen auf beiden Seiten – einer kleinen Straße –«

»Salat, Salat!« gellte die Stimme der Frau aus dem Haus.

Bald danach kamen die Kinder aus der Schule, es wurde zu Mittag gegessen, der Mann verputzte außer seinem eigenen auch noch den Pudding seiner Frau, und die drei Kinder bekleckerten sich von oben bis unten mit allem, was auf dem Tisch stand. Dann wieder Geschirr spülen, wieder putzen und das Kleine hüten. So zog sich der Nachmittag hin.

Die alte Frau Grathwohl kam und brachte der Frau ein frisches Stück Schweinefleisch, und das Kind hörte zu, wie sie zusammen tratschten.

»Frau Manda hat gestern abend ihre ›Reise nach Rom‹ angetreten und hat ein Töchterchen mitgebracht. Wie fühlen Sie sich?«

»Ich habe mich heute morgen zweimal übergeben«, sagte die Frau. »Meine Eingeweide sind völlig durcheinander, weil ich die Kinder zu schnell hintereinander bekommen habe.«

»Ich sehe, Sie haben eine neue Hilfe«, bemerkte Mutter Grathwohl.

»Ach Gott«, – die Frau senkte die Stimme – »Sie kennen sie nicht? Das ist die Uneheliche – die Kleine von der Kellnerin vom Bahnhof. Man hat ihre Mutter dabei erwischt, wie sie versucht hat, sie im Waschkrug zu ersäufen; das Kind ist völlig einfältig.«

»Ts-ts-ts«, flüsterte die »Uneheliche« dem Kleinen zu.

Als der Tag zu Ende ging, wußte das Kind-das-müde-war nicht mehr, wie es seine Müdigkeit bekämpfen sollte. Sie hatte Angst, sich hinzusetzen oder auch nur stillzustehen. Beim Abendessen betrachtete sie den Mann und die Frau, und sie schienen zu riesiger Größe anzuwachsen, und dann kleiner als Puppen zu werden, mit leisen Stimmen, die von draußen vor dem Fenster zu kommen schienen. Als sie das Kleine ansah, hatte es plötzlich zwei Köpfe, und dann keinen mehr. Und von seinem Schreien wurde ihr noch elender zumute. Wenn sie daran dachte, daß bald Schlafenszeit war, zitterte sie vor Freude am ganzen Körper. Doch kurz vor acht Uhr waren

Wagenräder auf der Straße zu hören, und herein kam eine Gesellschaft von Freunden, um den Abend mit ihnen zu verbringen.

Da hieß es:

»Setz Kaffee auf.«

»Bring mir die Zuckerdose.«

»Hol die Stühle aus dem Schlafzimmer.«

»Deck den Tisch.«

Und schließlich schickte sie die Frau ins Nebenzimmer, um das Kleine zu beruhigen.

Im Emailleleuchter brannte ein Kerzenstummel. Während sie hin und her ging, sah sie ihren riesigen Schatten auf der Wand wie eine ausgewachsene Person mit einem ausgewachsenen Säugling. Wie würde es aussehen, wenn sie zwei Kindlein so herumtrüge!

»Ts-ts-ts!« Es war einmal eine kleine weiße Straße, die ging sie entlang, und ach! so riesige schwarze Bäumen standen auf beiden Seiten.

»Heda!« gellte die Stimme der Frau, »bring mir meine neue Jacke von hinter der Tür.« Und als sie sie in das warme Zimmer brachte, sagte eine der Frauen: »Sie sieht aus wie eine Eule. Solche Kinder sind meist nicht ganz richtig im Kopf.«

»Warum bringst du das Kleine nicht zur Ruhe?« fragte der Mann, der gerade genug Bier getrunken hatte, um sich mutig und wie der Herr im Hause zu fühlen.

»Wenn du das Kleine nicht zur Ruhe bringst, dann muß ich wohl kommen, und ein bißchen nachhelfen.«

Alle brachen in Gelächter aus, während sie zurück ins Schlafzimmer taumelte.

»Ich glaube, selbst die Jungfrau Maria könnte ihn nicht beruhigen«, murmelte sie. »Hat Jesus auch so geschrien, als er klein war? Wäre ich nicht so müde, dann könnte ich es vielleicht, aber das Kleine weiß ganz genau, daß ich schlafen gehen möchte. Und es kommt noch eins.«

Sie warf das Kind aufs Bett, stand vor ihm und betrachtete es voller Grauen. Von nebenan drang das Klirren von Gläsern herüber und der warme Klang von Gelächter.

Und plötzlich hatte sie eine großartige, wunderbare Idee.

Sie lachte zum ersten Mal an diesem Tag und klatschte in die Hände.

»Ts-ts-ts«, machte sie, »lieg still, du Dummerchen; du wirst schon noch schlafen. Du wirst nicht mehr schreien oder nachts aufwachen. Komisches, kleines, häßliches Ding.«

Der Kleine öffnete die Augen und kreischte laut auf, als er das Kind-das-müde-war sah. Von nebenan hörte es, wie die Frau nach ihr rief.

»Sofort – er schläft gleich«, rief sie.

Und dann holte sie vorsichtig, lächelnd, auf

Zehenspitzen, das rote Kopfkissen vom Bett der Frau, bedeckte das Gesicht des Kleinen damit und drückte, als er sich wehrte, mit aller Kraft zu. »Wie eine Ente ohne Kopf, die zuckt«, dachte sie.

Sie stieß einen langen Seufzer aus, dann sank sie zu Boden und ging eine kleine weiße Straße entlang, mit hohen schwarzen Bäumen auf beiden Seiten, eine kleine Straße, die nirgendwohin führte und auf der kein Mensch ging – kein einziger.

Die fortschrittliche Dame

»Meinen Sie, wir könnten sie fragen, ob sie mit uns kommt?« fragte Fräulein Elsa, während sie ihre rote Schärpe vor meinem Spiegel neu band. »Wissen Sie, obwohl sie so intellektuell ist, kann ich mich des Gefühls nicht erwehren, daß sie einen geheimen Kummer hegt. Und Lisa hat mir heute morgen erzählt, als sie mein Zimmer machte, daß sie sich stundenlang zurückzieht und schreibt; Lisa sagt nämlich, daß sie ein Buch schreibt! Höchstwahrscheinlich schließt sie sich uns aus diesem Grund nie an, und deswegen hat sie auch so wenig Zeit für ihren Mann und das Kind.«

»Dann fragen Sie sie doch«, sagte ich. »Ich habe mit der Dame noch kein Wort gewechselt.«

Elsa errötete leicht. »Ich habe nur einmal mit ihr gesprochen«, gestand sie. »Ich habe ihr einen Strauß Feldblumen ans Zimmer gebracht, und sie ist an die Tür gekommen, in einem weißen Negligé, mit offenen Haaren. Ich werde den Augenblick nie vergessen. Sie hat nur die Blumen genommen, und ich hörte – weil die Tür nicht richtig geschlossen war – ich hörte, als sie den Flur entlangging, wie sie sagte: ›Reinheit, Duft, der Duft der Reinheit und die Reinheit des Duftes!‹ Es war wunderbar!«

In diesem Moment klopfte Frau Kellermann an die Tür.

»Sind Sie fertig?« fragte sie, trat ins Zimmer und nickte uns freundlich zu. »Die Herren warten auf der Treppe, und ich habe die fortschrittliche Dame gebeten, mit uns zu kommen.«

»Na, so etwas!« rief Elsa. »Gerade in diesem Moment haben die gnädige Frau und ich überlegt, ob –«

»Ja, ich habe sie getroffen, als sie gerade aus ihrem Zimmer kam, und sie hat gesagt, daß sie die Idee bezaubernd finde. Sie ist noch nie in Schlingen gewesen, genau wie wir. Jetzt ist sie unten und spricht mit Herrn Erchardt. Ich denke, wir werden einen reizenden Nachmittag verbringen.«

»Wartet Fritzi schon?« fragte Elsa.

»Natürlich, liebes Kind – so ungeduldig wie ein hungriger junger Mann auf das Klingelzeichen zum Essen. Laufen Sie nur!«

Elsa lief, und Frau Kellermann lächelte mir vielsagend zu. In der Vergangenheit hatten sie und ich wenig miteinander gesprochen, was daher rührte, daß es ihrer »einzigen verbliebenen

Freude« – ihrem entzückenden Karlchen – nicht gelungen war, bei mir die Funken von Mütterlichkeit, die auf dem Altar eines jeden ehrbaren weiblichen Herzens glühen sollten, zur Flamme zu entfachen. Aber bei der Aussicht auf einen gemeinsamen Ausflug wurden wir rasch miteinander warm.

»Für uns«, sagte sie, »wird es eine doppelte Freude sein. Wir können das junge Glück dieser zwei lieben Kinder betrachten, Elsa und Fritz. Gestern morgen haben sie endlich das Einverständnis ihrer Eltern erhalten. Es ist seltsam, aber in Gesellschaft von frisch Verlobten blühe ich immer auf. Frisch Verlobte, Mütter mit ihrem ersten Kind und gewöhnliche Sterbebetten haben alle dieselbe Wirkung auf mich. Wollen wir uns zu den anderen begeben?«

Gern hätte ich sie gefragt, warum gewöhnliche Sterbebetten jemanden zum Erblühen bringen sollten, aber ich sagte: »Ja, gehen wir.«

Auf der Treppe der Pension wurden wir von der kleinen Gruppe von Kurgästen mit jenen Freuden- und Begeisterungsrufen begrüßt, die noch den harmlosesten deutschen Ausflug so liebenswert ankündigen. Herr Erchardt und ich waren uns bis zu diesem Tag noch nicht begegnet, so daß wir uns, der strengen Gepflogenheit des Hauses entsprechend, befragten, wie lange wir heute nacht geschlafen hatten, ob wir angenehm geträumt hätten, um wieviel Uhr wir aufgestanden seien, ob der Kaffee noch heiß war, als wir zum Frühstück erschienen waren, und wie wir den Morgen verbracht hätten. Nachdem wir uns die Stufen fast staatstragender Höflichkeit hinaufgemüht hatten, kamen wir triumphierend und lächelnd oben an und hielten inne, um Atem zu schöpfen.

»Und jetzt«, sagte Herr Erchardt, »habe ich eine Überraschung für Sie. Die Frau Professor wird uns heute nachmittag mit ihrer Anwesenheit beehren. Ja«, und er nickte der fortschrittlichen Dame liebenswürdig zu. »Gestatten Sie, daß ich Sie miteinander bekannt mache.«

Wir verbeugten uns sehr förmlich und musterten einander mit Adlerblicken, Blicken, die indes eher ein Merkmal von Frauen denn von jenen höchst unschuldigen Vögeln sind. »Sie sind Engländerin?« fragte sie. Ich bestätigte es. »Ich lese sehr viele englische Bücher zur Zeit – oder vielmehr, ich studiere sie.«

»Na bitte«, rief Herr Erchardt. »Wer hätte das gedacht! Eine erste Gemeinsamkeit! Ich habe vor, einmal Shakespeare in seiner Originalsprache kennenzulernen, um so bemerkenswerter, daß Sie, Frau Professor, schon jetzt in diesen Brunnen englischen Geistes eingetaucht sind!«

»Nach allem, was ich bisher gelesen habe«, sagte sie, »halte ich diesen Brunnen für nicht sehr tief.«

Er nickte verständnisvoll.

»Nein«, antwortete er, »das habe ich auch gehört … Doch wir wollen unserer jungen englischen Freundin nicht den Ausflug verderben. Reden wir ein andermal darüber.«

»Na, kann's losgehen?« rief Fritz, der am Fuß der Treppe stand und Elsas Ellbogen mit der Hand stützte. Aber nun stellte man fest, daß Karl fehlte.

»Ka-rl, Karl-chen!« riefen wir. Keine Antwort.

»Aber vor einer Minute war er doch noch hier«, sagte Herr Langen, ein müde aussehender, bleicher Jüngling, der sich von einem Nervenzusammenbruch erholte, den er nach zu vielem Philosophieren und zu wenig Essen erlitten hatte. »Er hat hier gesessen und das Uhrwerk seiner Armbanduhr mit einer Haarnadel auseinandergenommen.«

Frau Kellermann fuhr ihn an. »Wollen Sie damit sagen, mein lieber Herr Langen, daß Sie das Kind nicht daran gehindert haben!«

»Ja«, sagte Herr Langen; »ich habe schon einmal versucht, ihn an etwas zu hindern.«

»Ach, dieses Kind hat so viel Energie; nie kommt sein reger Geist zur Ruhe. Wenn er sich nicht mit einer Sache beschäftigt, dann mit einer anderen.«

»Vielleicht beschäftigt er sich jetzt gerade mit der Uhr im Speisezimmer«, rief Herr Langen voller Schadenfreude.

Die fortschrittliche Dame regte an, ohne ihn zu gehen. »Ich nehme meine kleine Tochter nie zu Spaziergängen mit«, sagte sie. »Ich habe ihr angewöhnt, vom Augenblick an, wo ich gehe, bis ich zurückkomme, ruhig in meinem Schlafzimmer zu sitzen.«

»Da ist er – da ist er«, krähte Elsa, und man sah Karl einen Kastanienbaum herunterrutschen, sehr zum Schaden der Zweige.

»Ich habe gehört, was du über mich gesagt hast, Mama«, gestand er, während Frau Kellermann ihn abklopfte. »Das mit der Uhr ist gar nicht wahr. Ich habe sie mir nur angesehen, und das kleine Mädchen bleibt nie im Schlafzimmer. Sie hat mir selbst erzählt, daß sie immer in die Küche hinuntergeht, und –«

»Das reicht!« sagte Frau Kellermann.

Wir marschierten *en masse* die Bahnhofstraße entlang. Es war ein sehr warmer Nachmittag, und zahlreiche Gruppen von Kurgästen, die in den Gärten der Pensionen ihrer Verdauung mit frischer Luft nachhalfen, riefen uns hinterher, fragten uns, ob wir wandern gingen und stöhnten –

wenn wir Schlingen erwähnten – mit nur schlecht verhohlener Häme: »Na, dann gute Reise.«

»Aber das sind acht Kilometer«, rief ein alter Mann mit weißem Bart, der an einem Zaun lehnte und sich mit einem gelben Taschentuch Luft zufächelte.

»Siebeneinhalb«, antwortete Herr Erchardt kurz angebunden.

»Acht«, bellte der Wissende.

»Siebeneinhalb!«

»Acht!«

»Der Mann ist verrückt«, sagte Herr Erchardt.

»Dann lassen Sie ihn bitte in Frieden verrückt sein«, sagte ich und hielt mir die Ohren zu.

»Eine solche Ignoranz darf nicht unwidersprochen bleiben«, entgegnete er, kehrte uns den Rücken zu und hielt – zu erschöpft, um weiterzuschreien – siebeneinhalb Finger hoch.

»Acht!« donnerte der Graubart in alter Frische.

Wir fühlten uns sehr ernüchtert und erholten uns erst, als wir zu einem weißen Wegweiser kamen, der uns anwies, die Straße zu verlassen und auf dem Feldweg weiterzugehen – ohne mehr Gras als nötig niederzutrampeln. Im Klartext hieß das »Gänsemarsch«, was für Elsa und Fritz schmerzlich war. Karl hüpfte vor uns her, wie glückliche Kinder tun, und köpfte mit dem Sonnenschirm seiner Mutter so viele Blumen wie möglich – dann folgten die drei anderen – dann ich – und hinten das Liebespaar. Und außer den Gesprächen des Voraustrupps hatte ich noch das Vergnügen, folgendes Liebesgeflüster mit anzuhören.

Fritz: »Liebst du mich?« Elsa: »Aber ja.« Fritz leidenschaftlich: »Und wie sehr?« Worauf Elsa nichts antwortete – außer: »Wie sehr liebst *du* mich denn?«

Fritz entging den Fallstricken wahrer Nächstenliebe, indem er sagte: »Ich habe zuerst gefragt.«

Ich wurde so konfus darüber, daß ich an Frau Kellermann vorbeischlüpfte – und heilfroh weiterlief bei dem Gedanken, daß sie nun »aufblühen« konnte und ich niemandem verpflichtet war, den exakten Grad meiner Zuneigung zu benennen. »Mit welchem Recht stellen sie sich solche Fragen, am Tag, nachdem sie den Segen der Eltern haben?« überlegte ich. »Mit welchem Recht stellen sie sich überhaupt Fragen? Liebe, die zu Verlobung und Heirat führt, ist eine durch und durch bejahende Angelegenheit – was maßen sie sich an zu räsonieren!«

Am Rand des Feldes erhob sich ein mächtiger Nadelwald – einladend und kühl sah er aus. Ein weiterer Wegweiser bat uns, den markierten Weg nach Schlingen zu nehmen und Papier und Obstschalen in den zu diesem Zweck an den

Bänken befestigten Drahtbehältern zu deponieren. Wir setzten uns auf die erste Bank, und Karl durchwühlte mit großem Interesse den Drahtbehälter.

»Ich liebe Wälder«, sagte die fortschrittliche Dame und lächelte gequält in die Luft. »In einem Wald scheint sich mein Haar zu regen und sich gleichsam an seinen wilden Ursprung zu erinnern.«

»Aber im Ernst«, sagte Frau Kellermann nach einer angemessenen Pause, »es gibt wirklich nichts Besseres für die Kopfhaut als Fichtenduft.«

»Ach, Frau Kellermann, bitte stören Sie den Zauber nicht«, sagte Elsa.

Die fortschrittliche Dame sah sie sehr wohlwollend an. »Haben auch Sie die fühlende Seele der Natur entdeckt?« fragte sie.

Das war für Herr Langen das Stichwort. »Die Natur fühlt nicht«, sagte er bitter und ohne zu zögern, wie Leute tun, die zu viel philosophieren und zu wenig essen. »Sie erschafft, um zu zerstören. Sie frißt, um auszuspeien, und sie speit aus, um zu fressen. Deshalb empfinden wir, die wir unter ihren trampelnden Füßen existieren müssen, die Welt als verrückt und erkennen die grausame Vulgarität in allem Werden.«

»Junger Mann«, unterbrach ihn Herr Erchardt, »Sie haben noch nicht gelebt, nicht gelitten!«

»Mit Verlaub – woher wollen Sie das wissen?«

»*Ich* weiß es, weil Sie es mir erzählt haben, und damit hat sich's. Kommen Sie in zehn Jahren wieder zu dieser Bank und wiederholen Sie mir Ihre Worte«, sagte Frau Kellermann mit einem Blick auf Fritz, der voller Hingabe damit beschäftigt war, Elsas Finger zu zählen – »und bringen Sie Ihre junge Frau mit, Herr Langen, und dann sehen Sie womöglich dem spielenden Kind zu, wie es –« Sie drehte sich zu Karl um, der eine alte illustrierte Zeitung aus dem Abfallkorb gezogen hatte und eine Reklame zur Erlangung eines »voluminöseren Busens« zu entziffern versuchte.

Der Satz blieb unvollendet. Wir beschlossen weiterzugehen. Als wir tiefer in den Wald eindrangen, regten sich unsere Lebensgeister – regten sich so sehr, daß sie in ein Lied ausbrachen – jedenfalls seitens der drei Männer – »O Welt, wie bist du wunderbar!« – dessen Unterstimme lauthals von Herrn Langen übernommen wurde, der sich vergeblich darum bemühte, ihr, seiner Weltanschauung gemäß, einen satirischen Anstrich zu verpassen. Sie stürmten voraus und ließen uns – erhitzt und glücklich – hinterhertrotten.

»Das ist die Gelegenheit«, sagte Frau Kellermann. »Liebe Frau Professor, erzählen Sie uns doch etwas über Ihr Buch.«

»Ach, woher wissen Sie denn, daß ich eins schreibe?« rief sie schelmisch.

»Elsa hat es von Lisa erfahren. Ich habe ja noch nie eine Frau kennengelernt, die ein Buch schreibt. Wie finden Sie nur genügend Dinge, über die Sie schreiben können?«

»Das ist nicht das Problem«, sagte die fortschrittliche Dame – sie nahm Elsas Arm und stützte sich leicht darauf. »Das Problem ist zu wissen, wo man aufhört. Mein Kopf ist seit Jahren der reinste Bienenstock, und vor ungefähr drei Monaten haben sich die aufgestauten Wasser in meinem Innern Bahn gebrochen, und seither schreibe ich den ganzen Tag bis spät in die Nacht und finde stets frische Inspirationen und Gedanken, die mit ungeduldigen Schwingen mein Herz bestürmen.«

»Ist es ein Roman?« fragte Elsa schüchtern.

»Natürlich ist es ein Roman«, sagte ich.

»Wie können Sie da so sicher sein?« fragte Frau Kellermann und sah mich streng an.

»Weil nur ein Roman eine solche Wirkung haben kann.«

»Bitte, streiten Sie nicht«, sagte die fortschrittliche Dame sanft. »Ja, es ist ein Roman – über die moderne Frau. Denn mir scheint, dies ist die Stunde der Frau. Er ist geheimnisvoll und beinahe prophetisch, er symbolisiert die wahrhaft fortschrittliche Frau: Nicht eine jener grausamen Kreaturen, die ihr Geschlecht verleugnen und ihre zarten Schwingen verbergen im … im –«

»Englischen Schneiderkostüm?« – Frau Kellermann.

»So wollte ich es nicht ausdrücken. Eher im geheuchelten Gewand scheinbarer Männlichkeit!«

»So ein feiner Unterschied!« murmelte ich.

»Aber was ist für Sie«, fragte Fräulein Elsa und sah die fortschrittliche Dame bewundernd an – »was ist für Sie die wahre Frau?«

»Sie ist die Inkarnation der allumfassenden Liebe.«

»Aber meine werte Frau Professor«, protestierte Frau Kellermann. »Sie müssen bedenken, daß man heutzutage im Familienkreis so wenig Gelegenheit hat, seine Liebe zu zeigen. Der Ehemann ist den ganzen Tag im Geschäft und wünscht natürlich zu schlafen, wenn er nach Hause kommt – die Kinder sind flügge und auf der Universität, ehe man sie auch nur annähernd mit allumfassender Liebe behelligen kann!«

»Aber die Liebe ist nicht eine Frage des Behelligens«, sagte die fortschrittliche Dame. »Sie ist eine Lampe, die man im Busen trägt, deren stete Strahlen weithin leuchten, über die Höhen und Tiefen des –«

»Schwärzesten Afrika«, murmelte ich leichtfertig.

Sie hörte es nicht.

»Der Fehler, den wir in der Vergangenheit gemacht haben – wir als Geschlecht«, sagte sie, »ist, nicht erkannt zu haben, daß unsere Fähigkeit zu geben für die Welt insgesamt bestimmt ist – wir sind die freudige Opfergabe unserer selbst!«

»Ach«, rief Elsa hingerissen, und jeder Atemzug signalisierte Opferbereitschaft – »wie ich das kenne! Wissen Sie, seit Fritz und ich verlobt sind, fühle ich den Wunsch, allen etwas zu geben, alles zu teilen!«

»Wie ungemein gefährlich«, sagte ich.

»Es geht um die Schönheit der Gefahr oder die Gefahr der Schönheit«, sagte die fortschrittliche Dame – »und das ist auch der zentrale Gedanke meines Buches – daß die Frau nichts als eine Gabe ist.«

Ich lächelte sie sehr artig an. »Wissen Sie«, sagte ich, »auch ich würde gern ein Buch schreiben, über die Notwendigkeit, sich um seine Töchter zu kümmern, sie an die frische Luft mitzunehmen und von Küchen fernzuhalten!«

Ich vermute, das männliche Element muß die bösen Schwingungen gefühlt haben: sie hörten auf zu singen, und gemeinsam traten wir aus dem Wald und sahen Schlingen unter uns liegen, gebettet in ein Rund von Hügeln, mit weißen Häusern, die im Sonnenlicht leuchteten; »wie Eier in einem Vogelnest«, wie Herr Erchardt verkündete. Wir gingen hinunter und bestellten Sauermilch mit frischer Sahne und Brot im ›Goldenen Hirschen‹, einer sehr hübschen Wirtschaft, mit Tischen in einem Rosengarten, wo Hennen und Küken wie aufgescheucht herumliefen – sogar auf die nicht besetzten Tische flatterten und an den roten Karos der Decken pickten. Wir brockten das Brot in die Schüsseln, taten die Sahne hinzu und rührten mit flachen Holzlöffeln um, und der Wirt und seine Frau sahen uns zu.

»Herrliches Wetter«, sagte Herr Erchardt, den Löffel schwingend, zum Wirt, der mit den Schultern zuckte.

»Wie! Finden Sie das Wetter nicht herrlich?«

»Wenn es beliebt«, sagte der Wirt, der ganz offensichtlich nicht viel von uns hielt.

»So eine schöne Wanderung«, sagte Fräulein Elsa und opferte der Wirtin freimütig ein reizendes Lächeln.

»Ich gehe nie zu Fuß«, sagte die Wirtin; »wenn ich nach Mindelbau muß, dann fährt mich mein Mann – ich habe mit meinen Beinen Wichtigeres zu tun, als durch Staub und Dreck zu laufen!«

»Ich mag diese Leute«, gestand mir Herr Langen. »Ich mag sie wirklich. Ich glaube, ich miete mir hier ein Zimmer für den ganzen Sommer.«

»Warum?«

»Ach, weil sie noch der Erde verbunden sind und sie deshalb verachten.«

Er stieß seine Schüssel von sich und zündete sich eine Zigarette an. Wir aßen viel und ausdauernd, bis sich die siebeneinhalb Kilometer nach Mindelbau wie eine Unendlichkeit vor uns dehnten. Sogar Karl in seinem Tatendrang war so gesättigt, daß er sich lang auf den Boden legte und seinen Ledergürtel öffnete. Da beugte sich Elsa zu Fritz hinüber und flüsterte etwas, und dieser, nachdem er sie angehört und sie gefragt hatte, ob sie ihn liebe, erhob sich und hielt eine kurze Ansprache.

»Wir – wir möchten unser Verlöbnis feiern, indem – indem wir Sie bitten, mit uns zusammen in der Kutsche des Wirts zurückzufahren – wenn – wenn wir alle hineinpassen!«

»Oh, was für eine gute, prächtige Idee!« sagte Frau Kellermann mit einem Seufzer der Erleichterung, der zwei ihrer Haken hörbar aufplatzen ließ.

»Eine kleine Gabe meinerseits«, sagte Elsa zur fortschrittlichen Dame, die nach den drei Portionen, die sie verzehrt hatte, beinahe Freudentränen vergoß.

Dicht gedrängt auf dem Wagen, kutschiert vom Wirt, der seine Verachtung für Mutter Erde durch regelmäßiges heftiges Ausspucken zeigte, zuckelten wir wieder nach Hause, und je mehr wir uns Mindelbau näherten, desto mehr liebten wir es und einander.

»Wir müssen noch viele solcher Ausflüge machen«, sagte Herr Erchardt zu mir, »denn erst in einfacher, ländlicher Umgebung lernt man einen Menschen richtig kennen – man *teilt* dieselben Freuden – man fühlt Freundschaft. Wie heißt es bei Ihrem Shakespeare? Moment, ich hab's. ›Den Freund, der dein und dessen Wahl erprobt – mit eh'rnen Reifen klamre ihn an dein Herz!‹«

»Aber«, sagte ich mit sehr freundschaftlichen Gefühlen für ihn, »das Dumme mit meinem Herz ist, daß es sich weigert, irgend jemanden zu umklammern – und ich bin sicher, daß das schiere Gewicht eines Freundes, dessen Wahl es erprobt hat, es sofort umbringen würde. Und von einem eh'rnen Reifen gibt es bislang noch nicht das leiseste Anzeichen!«

Er stieß gegen meine Knie und bat um Verzeihung, auch im Namen des Wagens.

»Meine liebe junge Dame, Sie dürfen das Zitat nicht so wörtlich nehmen. Selbstverständlich fühlt man die Reifen nicht körperlich; doch Reifen sind in der Brust dessen, der seinen Mitmenschen liebt … Nehmen Sie zum Beispiel diesen Nachmittag. Wie sind wir losgezogen? Als Fremde, möchte man beinahe sagen, und doch – wie sind wir heimgekehrt, wir alle?«

»In einem Ackerwagen«, sagte die einzig verbliebene Freude, die auf dem Schoß seiner Mutter saß und mit der Übelkeit kämpfte.

Wir kamen am Rand des Feldes entlang, das wir vorher durchquert hatten, und umfuhren den Friedhof. Herr Langen lehnte sich hinaus und grüßte die Gräber. Er saß neben der fortschrittlichen Dame – angeschmiegt an ihre schützende Schulter. Ich hörte sie murmeln: »Sie sehen wie ein kleiner Junge aus mit Ihrem im Winde wehenden Haar.« Schon etwas weniger verbittert sah Herr Langen zu, wie die letzten Gräber verschwanden. Und dann hörte ich sie murmeln: »Warum sind Sie so traurig? Auch ich bin manchmal sehr traurig – doch – Sie sehen jung genug aus, daß ich es wagen kann zu sagen – ich – kenne auch – manche Freude!«

»Was kennen Sie?« fragte er.

Ich beugte mich vor und berührte die Hand der fortschrittlichen Dame. »War es nicht ein netter Nachmittag?« fragte ich sie. »Aber wissen Sie, Ihre Theorie über Frauen und die Liebe – sie ist so alt wie die Welt – ach, noch älter!«

Von der Straße her ein plötzliches Triumphgeheul. Ja, da war er wieder – weißer Bart, Seidentaschentuch und ungebrochene Begeisterung.

»Was habe ich gesagt? Acht Kilometer!«

»Siebeneinhalb!« brüllte Herr Erchardt.

»Und warum kommen Sie im Wagen zurück? Es müssen acht Kilometer sein.«

Herr Erchardt formte mit den Händen einen Trichter und richtete sich in dem schwankenden Wagen auf, während Frau Kellermann seine Knie umschlang. »Siebeneinhalb!«

»Ignoranz darf nicht unwidersprochen bleiben«, sagte ich zu der fortschrittlichen Dame.

Das Schwingen des Pendels

Die Zimmerwirtin klopfte an die Tür.

»Herein«, sagte Viola.

»Ein Brief für Sie«, sagte die Zimmerwirtin, »ein Eilbrief« – sie hielt den grünen Umschlag mit einem Zipfel ihrer schmuddeligen Schürze.

»Danke.« Viola, die auf dem Boden kniete und in dem kleinen, staubigen Ofen herumstocherte, streckte die Hand aus. »Wartet man auf Antwort?«

»Nein, der Bote ist schon gegangen.«

»Gut!« Sie sah die Zimmerwirtin nicht an; sie schämte sich, weil sie die Miete nicht gezahlt hatte, und fragte sich düster und ohne große Hoffnung, ob die Frau wieder anfangen würde, sich aufzuspielen.

»Was die Miete angeht –« sagte die Zimmerwirtin.

»O Gott – es geht wieder los!« dachte Viola, drehte der Frau den Rücken zu und schnitt dem Ofen eine Grimasse.

»Also entweder Sie zahlen – oder Sie gehen!« Die Wirtin wurde lauter; fing an zu schreien. »Ich bin Zimmerwirtin, und eine anständige Frau, Sie sollen mich noch kennenlernen. Ich dulde keine Läuse in meinem Haus, die sich in hier einnisten und sich durchfressen. Also Geld auf den Tisch – oder Sie sind bis morgen um zwölf ausgezogen.«

Viola spürte das Gestikulieren der Frau mehr, als daß sie es sah. Sie machte mit dem Arm eine alberne, verzweifelte Bewegung, als käme eine schmutzige Taube auf sie zugeflogen.

»Dreckiges Biest! Pfui! Und der Gestank – wie alter Käse und klamme Wäsche.«

»In Ordnung!« antwortete sie kurz angebunden; »entweder Geld auf den Tisch, oder ich ziehe morgen aus. Schon gut: Schreien Sie nicht so.«

Es war erstaunlich – immer wenn sich diese Frau ihr näherte, zitterte sie am ganzen Körper – schon das Geräusch ihrer Plattfüße, die die Treppe heraufgestampft kamen, verursachte ihr Übelkeit, doch sobald sie sich gegenüberstanden, war sie völlig ruhig und gelassen und verstand gar nicht mehr, warum sie sich wegen des Geldes Sorgen machte, oder warum sie auf Zehenspitzen aus dem Haus schlich und nicht wagte, die Tür hinter sich zu schließen, aus Angst, die Zimmerwirtin könnte es hören und ihr Gemeinheiten hinterherrufen, noch warum sie nächtelang in ihrem Zimmer auf und ab ging – plötzlich vor ihrem Spiegel stehenblieb und einem tragischen Ebenbild zurief: »Geld, Geld, Geld!« Wenn sie allein war, dann war ihre Armut ein riesiger Albtraum-Berg, auf dem ihre Füße Wurzeln geschlagen hatten – und fürchterlich schmerzten, da er so riesig war – doch wenn es darum ging, zur Tat zu schreiten, dann schrumpfte ihr Albtraum-Berg zu einer jener lästigen Angelegenheiten zusammen, die man – mit zugehaltener Nase – so schnell wie möglich hinter sich brachte, wütend und mit großem Überlegenheitsgefühl.

Die Wirtin stürzte aus dem Zimmer und warf die Tür hinter sich zu, so daß diese zitterte und bebte, als habe sie jedes Wort mit angehört und könne der alten Hexe nur beipflichten.

Auf den Fersen hockend, machte Viola den Brief auf. Er war von Casimir.

»Ich komme heute nachmittag um drei zu Dir – muß heute abend wieder fort. Alle Neuigkeiten, wenn wir uns sehen. Ich hoffe, Du bist glücklicher als ich. – Casimir«

»Pah! wie reizend!« höhnte sie; »wie gütig. Zu freundlich von dir!« Sie sprang auf die Füße und zerknüllte den Brief. »Und wieso glaubst du, daß ich hier herumsitze und warte, bis du um drei Uhr zu kommen geruhst?« Aber sie wußte, sie würde warten; ihre Wut war nur zur Hälfte aufrichtig. Sie sehnte sich danach, Casimir zu sehen, denn sie war sicher, daß sie ihm diesmal ihre Lage würde begreiflich machen können … »Denn, so wie es ist, ist es unerträglich – unerträglich!« murmelte sie.

Es war zehn Uhr morgens, ein grauer Tag, der von plötzlich aufleuchtenden bleichen Sonnenstrahlen seltsam erhellt wurde. Blitzartig erschien ihr Zimmer dann unordentlich und schmutzig. Sie ließ die Rouleaus herunter – aber sie machten das Licht nur milchig grell, was ebenso schlimm war. Das einzige, was in dem Zimmer lebte, war ein Glas mit Hyazinthen, das ihr die Tochter der Zimmerwirtin geschenkt hatte: Es stand auf dem Tisch, und die plumpen Blüten verströmten einen ungesunden Duft; kräftige Knospen wollten sich noch entfalten, und die Blätter glänzten wie geölt.

Viola ging zum Waschtisch, schüttete Wasser in die Emailleschüssel und wusch sich mit dem Schwamm Gesicht und Hals. Sie tauchte ihr Gesicht ins Wasser, öffnete die Augen und schüttelte den Kopf hin und her – es war herrlich. Sie machte es dreimal. »Vielleicht könnte ich mich ertränken, wenn ich lange genug unter Wasser bliebe«, dachte sie. »Wie lange es wohl dauert, bis man das Bewußtsein verliert? … Ich habe schon oft von Frauen gelesen, die sich in einem Eimer ertränkt haben. Ob man Luft durch die Ohren bekommen würde – ob die Schüssel so tief wie ein Eimer sein muß?« Sie probierte es aus – hielt sich am Waschtisch mit beiden Händen fest und tauchte den Kopf langsam ins Wasser, als es wieder an die Tür klopfte. Das war nicht die Wirtin diesmal – es mußte Casimir sein. Mit tropfendem Gesicht und Haar, mit offenem Leibchen, lief sie zur Tür und machte auf.

Ein fremder Mann lehnte im Türrahmen – er machte große Augen, als er sie sah, und lächelte reizend. »Verzeihen Sie – wohnt hier ein Fräulein Schäfer?«

»Nein; kenne ich nicht.« Sein Lächeln war so ansteckend, daß sie auch lächeln wollte – und vom Wasser fühlte sie sich so erfrischt und belebt.

Der fremde Mann schien über die Maßen verwundert. »Nicht?« rief er aus. »Sie ist ausgegangen, wollen Sie wohl sagen!«

»Nein, sie wohnt hier nicht«, antwortete Viola.

»Aber – Verzeihung – einen Augenblick.« Er löste sich vom Türrahmen und stand jetzt direkt vor ihr. Er knöpfte seinen Überzieher auf, zog einen Zettel aus der Brusttasche und glättete ihn mit seinen behandschuhten Fingern, ehe er ihn ihr reichte.

»Ja, die Straße ist richtig, aber die Nummer

muß falsch sein. Es gibt so viele Pensionen in dieser Straße, wissen Sie, und sie ist so lang.«

Wasser tropfte von ihrem Haar auf das Papier. Sie lachte laut auf. »Gott, ich muß ja schrecklich aussehen – einen Augenblick!« Sie lief zum Waschtisch und holte ein Handtuch. Die Tür stand noch offen ... Eigentlich gab es nichts mehr zu sagen. Warum, um Himmels willen, hatte sie ihn gebeten, einen Augenblick zu warten? Sie legte sich das Handtuch um die Schultern und kehrte – plötzlich ernst geworden – zur Tür zurück. »Tut mir leid; ich kenne niemanden, der so heißt«, sagte sie brüsk.

Darauf der Fremde: »Tut mir auch leid. Wohnen Sie hier schon lang?«

»Hm – ja – schon lang.« Sie machte Anstalten, die Tür zu schließen.

»Also – guten Morgen, und vielen Dank. Ich hoffe, ich habe nicht gestört.«

Sie hörte, wie er langsam den Gang hinunter ging und dann stehenblieb – er zündete sich eine Zigarette an. Ja, ein Hauch des köstlichen Zigarettenqualms drang zu ihr ins Zimmer. Sie sog ihn ein und lächelte wieder. Na, das war doch einmal ein nettes Intermezzo! Er sah so erstaunlich glücklich aus: seine schweren Kleider und die großen Handschuhe mit den Knöpfen; sein schön gekämmtes Haar ... und dieses Lächeln … »unbeschwert« war das richtige Wort – einfach ein wohlgenährter junger Mann, dem die Welt offensteht. Der bloße Anblick von solchen Leuten, tat einem gut, man fühlte sich wie neu geboren. *Normal* waren sie – so normal und verläßlich. Man konnte sich darauf verlassen, da sie vom Tag ihrer Geburt bis zu ihrem Todestag keinerlei Launen hatten. Und das Leben war ihr Verbündeter – bettete sie auf Rosen – und daß zu Recht. In diesem Augenblick fiel ihr Blick auf Casimirs Brief, der zerknüllt am Boden lag – ihr Lächeln erstarb. Ohne den Blick von dem Brief zu nehmen, begann sie ihr Haar zu flechten – ein dumpfes Gefühl der Wut stieg in ihr auf – sie verflocht es mit ihrem Zopf, steckte es fest auf ihrem Kopf … Natürlich, das war immer schon der große Fehler gewesen. Welcher Fehler? Na, Casimirs schrecklicher Ernst. Wäre sie damals, als sie sich zum ersten Mal begegnet waren, glücklicher gewesen, sie hätte ihn wohl überhaupt nicht angesehen – aber sie waren wie zwei Patienten im selben Krankenhaussaal gewesen – jeder hatte Trost in der Krankheit des anderen gesucht – schöne Grundlage für eine Affäre! Das Schicksal hatte ihnen die Köpfe zusammengestoßen: Sie hatten sich angesehen, benommen von dem Aufprall, und hatten sich sympathisch gefunden … »Wenn ich doch mehr Abstand hätte zu der ganzen Geschichte und in Ruhe über alles nachdenken könnte – dann fände ich einen Ausweg. Natürlich habe ich Casimir geliebt … Ach, sei doch nur einmal ehrlich.« Sie warf sich aufs Bett und vergrub das Gesicht im Kissen. »Ich habe ihn nicht geliebt. Ich wollte, daß sich jemand um mich kümmert – und für mich sorgt, bis meine Arbeit Geld bringt – und mich vor den Zudringlichkeiten anderer Männer bewahrt. Und was wäre gewesen, wenn er mir nicht über den Weg gelaufen wäre? Dann hätte ich meinen letzten Notgroschen ausgegeben, und dann – Ja, es war dieses ›Und dann‹, das den Ausschlag gegeben hat. Er war meine einzige Rettung. Und damals habe ich an ihn geglaubt. Ich habe gedacht, wenn seine Arbeit erst einmal anerkannt wäre, dann würde er in Geld schwimmen. Ich habe gedacht, einen Monat lang wären wir vielleicht noch arm – und er hat gesagt, wenn er mich nur um sich hätte, zu seiner Inspiration … Zum Lachen, wenn es nicht so verdammt traurig wäre! Genau das Gegenteil ist eingetroffen – er hat seit Monaten nichts veröffentlicht – ich auch nicht – aber das habe ich auch nicht erwartet. Es ist wahr, ich bin hart und ungerecht, aber ich kann Männer, die nicht erfolgreich sind, weder lieben noch ehren. Am Ende verachte ich sie immer, wie ich Casimir verachte. Vermutlich ist es der primitive Stolz des Weibchens, das den Mann, dem es sich hingegeben hat, gern als großen Häuptling sieht. Aber in diesem schrecklichen Haus zu versauern, während Casimir sich die Hacken abläuft, auf der Suche nach einer offenen Redaktionstür – das ist demütigend. Es hat mein ganzes Wesen verändert. Ich bin nicht für die Armut gemacht – ich gedeihe nur unter wahrhaft unbeschwerten Menschen, unter Menschen, die niemals Sorgen haben.«

Die Gestalt des fremden Mannes trat ihr wieder vor Augen – wollte nicht mehr fortgehen. »Das ist er im Grunde gewesen, der Mann fürs Leben – ein Mann ohne Sorgen – der mir alles geben würde, was ich mir wünsche, mit ihm würde ich mich immer lebendig fühlen, ich hätte meinen Platz in der Welt. Ich wollte nie kämpfen – es wurde mir aufgezwungen. Eigentlich sprudelt in mir ein Quell der Unbeschwertheit, der in dieser verhaßten Existenz aber langsam versiegt. Ich sterbe, wenn das so weitergeht – und« – sie drehte sich im Bett um und breitete die Arme aus – »ich will Leidenschaft und Liebe und Abenteuer – ich sehne mich danach. Warum soll ich hier bleiben und verkümmern? – Ich verkümmere hier!« weinte sie und tröstete sich am Klang ihrer brechenden Stimme. »Aber wenn ich Casimir das alles erzähle, wenn er heute nachmittag kommt, und er sagt: ›Dann geh‹ – was er bestimmt tun wird – auch so eine Sache, die ich an ihm hasse – daß er unter meinem Pantoffel steht – was soll ich dann tun – wohin soll ich gehen?« Es gab keinen anderen Ort für sie. »Ich will nicht arbeiten – mir mühsam meinen Weg bahnen. Ich will es bequem haben und will verhätschelt werden, umgeben sein von Luxus. Es kommt für mich daher nur eins in Frage, nämlich eine große Kurtisane zu sein.« Aber sie wußte nicht, wie man eine wurde. Sie fürchtete sich, auf die Straße zu gehen – sie hatte schreckliche Dinge gehört, was mit diesen Frauen passierte – Männer mit Krankheiten – oder Männer, die nicht zahlten – und überhaupt, jede Nacht einen anderen Mann – nein, das kam überhaupt nicht in Frage. »Hätte ich bessere Kleider, würde ich in ein richtig gutes Hotel gehen und einen reichen Mann finden … wie den Fremden vorhin. Er wäre ideal. Ach, wenn ich doch seine Adresse hätte – ich bin sicher, ich könnte ihm den Kopf verdrehen. Ich würde ihn den ganzen Tag zum Lachen bringen – ständig würde er mir Geld zustecken …« Bei dem Gedanken wurde ihr ganz wohlig warm. Sie begann von einem wunderschönen Haus zu träumen und von Schränken voller Kleider und von Parfüms. Sie sah sich in Kutschen einsteigen – und dem fremden Mann geheimnisvolle sinnliche Blicke zuwerfen – sie übte den Blick, während sie auf dem Bett lag – und nie mehr irgendwelche Sorgen, nur noch Trunkensein vor Glück. Das war ein Leben nach ihrem Geschmack. Also, was sie tun mußte, war, Casimir heute abend weiter Klinken putzen zu lassen, und während er weg war – Was! Außerdem – nicht zu vergessen – mußte die Miete bis morgen um zwölf bezahlt sein, und sie hatte nicht einmal das Geld für eine anständige Mahlzeit. Beim Gedanken an Essen fühlte sie ein heftiges Kneifen im Magen, ein Gefühl, als sei eine Hand darin und quetsche ihn aus. Sie war schrecklich hungrig – alles Casimirs Schuld – und der Fremde hatte seit seiner Geburt nur aus dem Vollen geschöpft. Er hätte gewiß ein üppiges Diner bestellen können. Ach, warum hatte sie es nicht klüger angestellt? – die Vorsehung hatte ihn geschickt – und sie hatte ihn zurückgewiesen. »Wenn sich mir noch einmal solch eine Gelegenheit bietet, weiß ich, was ich zu tun habe.« Und statt des gewöhnlichen Mannes, der an der Tür mit ihr gesprochen hatte, malte sie sich ein strahlendes, lachendes Inbild von einem Mann aus, der sie wie eine Königin behandeln würde … »Nur eins könnte ich nicht ertragen – wenn er grob oder ordinär wäre. Aber das war er ja nicht – er war ganz offensichtlich ein Mann von Welt, und die Art, wie er um Verzeihung gebeten hatte … Ich vertraue völlig auf meine Ausstrahlung und Schönheit, und ich weiß, daß ich einen Mann dazu bringen könnte, mich so zu behandeln, wie ich es will …« In ihre Träume mischte sich der Duft – der süße Duft von Zigarettenrauch. Und dann fiel ihr ein, daß sie nicht gehört hatte, wie jemand die Steintreppe hinuntergangen war. War es möglich, daß der Fremde noch da war? … Der Gedanke war zu verrückt – das Leben spielte keine solchen Streiche – und doch – sie konnte seine Nähe förmlich spüren. Ganz leise stand sie auf, nahm vom Haken an der Tür einen langen, weißen Morgenrock, knöpfte ihn zu – und lächelte verschmitzt. Sie wußte nicht, was geschehen würde. Sie dachte nur: »O was für ein Spaß!« und daß sie ein heiteres Spiel spielten – dieser Fremde und sie. Sehr behutsam drückte sie die Klinke hinunter, verzog ihr Gesicht und biß sich auf die Lippen, als das Schloß aufschnappte. Natürlich, da war er – er lehnte am Treppengeländer. Er drehte sich um, als sie auf den Flur schlüpfte.

»Tja«, murmelte sie und zog ihren Morgenrock fest um sich, »muß wohl hinuntergehen und Holz holen. Brr! diese Kälte!«

»Es gibt kein Holz mehr«, ließ sich der Fremde vernehmen. Sie gab einen kleinen Überraschungsschrei von sich, dann warf sie den Kopf zurück.

»Sie schon wieder«, sagte sie verächtlich und nahm gleichzeitig seine fröhlichen Augen wahr und den frischen, würzigen Geruch seines gesunden Körpers.

»Die Wirtin hat lauthals verkündet, daß kein Holz mehr da ist. Gerade habe ich gesehen, wie sie fortging, um welches zu kaufen.«

»Lüge – Lüge!« hätte sie am liebsten gerufen.

Er trat ganz nah an sie heran, beugte sich über sie und flüsterte: »Wollen Sie mich nicht bitten, meine Zigarette in Ihrem Zimmer zu Ende zu rauchen?«

Sie nickte. »Wenn Sie es wünschen!«

Während sie so zusammen auf dem Flur gestanden hatten, war ein Wunder geschehen. Ihr Zimmer hatte sich völlig verändert – erfüllt von mildem Licht und dem Duft von Hyazinthen. Sogar die Möbel erschienen ihr anders – aufregend. Erinnerungen an Kinderfeste schossen ihr schnell wie der Blitz durch den Kopf, wie sie Scharaden aufgeführt hatten und eine Gruppe das Zimmer verlassen hatte und wieder hereingekommen war, um das Wort darzustellen – genauso wie sie es jetzt tat. Der Fremde ging zum Ofen und setzte sich in ihren Sessel. Sie wollte nicht, daß er sprach oder ihr nahe kam – es genügte, ihn in ihrem Zimmer zu sehen, so selbstsicher und glücklich. Wie ausgehungert sie war nach der

Nähe eines solchen Menschen – der nichts von ihr wußte – der keine Ansprüche stellte – sondern einfach nur lebte. Viola lief zum Tisch und legte die Arme um das Glas mit den Hyazinthen.

»So schön! So schön!« rief sie – steckte die Nase tief in die Blüten – und sog gierig den Duft ein. Über die Blätter sah sie den Mann an und lachte.

»Sie sind ein lustiges Ding«, sagte er träge.

»Warum? Weil ich Blumen liebe?«

»Mir wäre es lieber, wenn Sie andere Dinge liebten«, sagte der Fremde langsam. Sie pflückte ein kleines rosafarbenes Blütenblatt ab und lächelte es an.

»Wenn es Ihnen recht ist, werde ich Ihnen Blumen schicken«, sagte der fremde Mann. »Ich schicke Ihnen ein ganzes Zimmer voll, wenn Sie es wünschen.«

Seine Stimme erschreckte sie ein wenig. »Ach nein, besten Dank – diese eine reicht mir völlig.«

»Aber nicht doch« – mit neckischer Stimme.

»Was für eine unsinnige Bemerkung!« dachte Viola, und als sie ihn wieder ansah, schien er überhaupt nicht mehr unbeschwert. Sie bemerkte, daß seine Augen zu eng beieinander standen – und sie waren zu klein. Gräßlicher Gedanke, daß er sich als Dummkopf erweisen könnte.

»Was machen Sie so den ganzen Tag?« fragte sie hastig.

»Nichts.«

»Überhaupt nichts?«

»Warum sollte ich etwas tun?«

»Oh, Sie dürfen nicht glauben, daß ich solche Weisheit verurteile – es klingt nur zu schön, um wahr zu sein!«

»Was denn?« – er beugte sich vor. »Was klingt zu schön, um wahr zu sein?« Ja – es war nicht zu leugnen – er sah wie ein Dummkopf aus.

»Ich nehme nicht an, Sie verbringen Ihre Tage ausschließlich mit der Suche nach Fräulein Schäfer.«

»O nein« – er lächelte breit – »sehr gut! Herrjeh! Nein. Ich fahre häufig aus – mögen Sie Pferde?«

Sie nickte. »Ich liebe Pferde.«

»Sie müssen mit mir ausfahren – ich habe zwei prächtige Grauschimmel. Wollen Sie?«

»Hübsch würde ich aussehen, wenn ich mit meinem einzigen Hut hinter zwei Grauschimmeln hocken würde«, dachte sie. Laut: »Furchtbar gern.« Ihre rasche Einwilligung gefiel ihm.

»Wie wär's mit morgen?« schlug er vor. »Sie könnten morgen mit mir zu Mittag essen, und dann fahre ich Sie aus.«

Nun – dies war schließlich nur ein Spiel. »Ja, morgen habe ich nichts vor«, sagte sie.

Eine kurze Pause – dann klopfte der Fremde auf

seinen Schenkel. »Warum kommen Sie nicht her und setzen sich?« fragte er.

Sie tat so, als habe sie nichts gesehen, und schwang sich auf den Tisch. »Ach, ich sitze hier ganz gut.«

»Aber nicht doch« – wieder die neckische Stimme. »Kommen Sie, setzen Sie sich auf mein Knie.«

»O nein«, sagte Viola energisch und war plötzlich sehr mit ihrem Haar beschäftigt.

»Warum nicht?«

»Ich möchte nicht.«

»Ach, kommen Sie schon« – ungeduldig.

Sie schüttelte heftig den Kopf. »Es würde mir nicht im Traum einfallen.«

Bei diesen Worten stand er auf und kam zu ihr herüber. »Freches kleines Kätzchen!« Er hob eine Hand, um ihr Haar zu berühren.

»Nicht«, sagte sie – und sprang vom Tisch. »Ich – ich finde, Sie sollten jetzt gehen.« Sie war jetzt wirklich erschrocken – und ihr einziger Gedanke war: »Ich muß diesen Mann so schnell wie möglich loswerden.«

»Sie wollen doch nicht etwa, daß ich gehe?«

»Doch – ich habe viel zu tun.«

»Zu tun. Was macht denn das kleine Kätzchen den ganzen Tag?«

»Alles mögliche!« Sie wollte ihn aus dem Zimmer stoßen und die Tür hinter ihm zuschlagen – Idiot – Dummkopf – grausame Enttäuschung.

»Was runzelt sie die Stirn?« fragte er. »Hat sie Sorgen?« Plötzlich ernst. »Ich meine – sagen Sie, sind Sie in finanziellen Nöten? Brauchen Sie Geld? Ich gebe Ihnen welches, wenn Sie wollen!«

»Geld! Jetzt ist Schluß – verlier nicht den Kopf!« – sprach sie zu sich selbst.

»Ich gebe Ihnen zweihundert Mark, wenn Sie mich küssen.«

»Pah, nette Bedingung! Ich will Sie aber nicht küssen – ich küsse nicht gern. Bitte, gehen Sie!«

»O doch – du küßt gern! – du küßt gern.« Er packte sie an den Oberarmen. Sie wehrte sich und stellte überrascht fest, wie wütend sie war.

»Lassen Sie mich los – sofort!« schrie sie – und er umschlang sie mit einem Arm und zog sie an sich – wie eine Eisenstange um ihre Hüfte war dieser Arm.

»Lassen Sie mich in Ruhe! Hören Sie? Sie gemeiner Mensch! Ich wollte so etwas nicht, als Sie in mein Zimmer gekommen sind. Wie können Sie es wagen?«

»Dann küß mich, und ich gehe!«

Es war zu blöd – sie wich dem dummen, lächelnden Gesicht aus.

»Ich küsse Sie nicht! – Sie Rohling! – Ich tue es nicht!« Irgendwie entschlüpfte sie seinen Armen und lief zur Wand – lehnte sich dagegen – atmete schnell.

»Gehen Sie!« keuchte sie. »Sofort, verschwinden Sie!«

Jetzt, wo er sie nicht berührte, hatte sie sogar Spaß daran. Sie war ganz begeistert von ihrer wütenden Stimme. »Daß ich mit so einem Mann überhaupt rede!« Eine zornige Röte überzog sein Gesicht – er bleckte die Zähne – wie ein Hund, dachte Viola. Er stürzte sich auf sie – drückte sie gegen die Wand – drängte mit dem ganzen Gewicht seines Körpers gegen sie. Diesmal konnte sie sich nicht befreien.

»Ich küsse Sie nicht. Nein, niemals. Hören Sie auf damit! Pfui! Sie sind wie ein Hund – Sie sollten Ihre Liebchen an Straßenlaternen suchen – Sie Tier – Sie Teufel!«

Er antwortete nicht. Mit dem Ausdruck äußerster Entschlossenheit drückte er sich noch fester an sie. Er sah sie nicht einmal an – stieß mit rauher Stimme hervor: »Sei still – sei still.«

»Grr! Warum sind Männer so stark?« Sie fing an zu weinen. »Gehen Sie weg – ich will Sie nicht, Sie Dreckskerl. Ich könnte Sie umbringen. O mein Gott! hätte ich doch ein Messer!«

»Sei nicht albern – komm und sei lieb!« Er zog sie zum Bett.

»Halten Sie mich für ein Flittchen?« fauchte sie,

beugte sich schnell hinunter und vergrub ihre Zähne in seinem Handschuh.

»Au! Laß das – du tust mir weh!«

Sie ließ nicht los, und ihre innere Stimme sagte: »Gott sei Dank, daß mir das eingefallen ist.«

»Hör sofort auf – du Biest – du Miststück.« Er stieß sie von sich. Mit Freuden sah sie, daß Tränen in seinen Augen standen. »Du hast mir weh getan«, sagte er mit erstickter Stimme.

»Natürlich. Das wollte ich ja. Und ich tue Ihnen noch viel mehr weh, wenn Sie mich noch einmal anrühren.«

Der Fremde nahm seinen Hut. »Nein, danke«, sagte er grimmig. »Aber das hat ein Nachspiel – ich gehe zu Ihrer Zimmerwirtin.«

»Pah!« Sie zuckte die Schultern und lachte. »Ich werde ihr sagen, daß Sie mit Gewalt in mein Zimmer eingedrungen und über mich hergefallen sind. Wem wird sie wohl glauben? – mit dem Biß in Ihrer Hand. Suchen Sie lieber Ihr Fräulein Schäfer.«

Ein großartiges, berauschendes Glücksgefühl überflutete Viola. Sie funkelte ihn an. »Wenn Sie nicht sofort verschwinden, dann beiße ich Sie noch einmal«, sagte sie, und die Absurdität ihrer Worte brachte sie zum Lachen. Sogar als die Tür geschlossen war und sie ihn die Treppe hinuntergehen hörte, lachte sie noch und tanzte im Zimmer herum.

Was für ein Morgen! O ja, dieser Punkt ging an sie. Das war ihr erster Kampf, und sie hatte ihn gewonnen – sie hatte diesen Widerling besiegt – ganz allein. Ihre Hände zitterten immer noch. Sie zog den Ärmel ihres Kleids hoch – große rote Male auf den Armen. »Meine Rippen werden ganz blau werden. Ich werde am ganzen Leib blaue Flecken bekommen«, überlegte sie. »Wenn der liebe Casimir uns doch nur hätte sehen können.« Und alle Wut und Abneigung Casimir gegenüber war wie weggeblasen. Was konnte der arme Liebling dafür, daß er kein Geld hatte? Es war ebensosehr ihre Schuld wie seine, und er stand ebenso wie sie im Abseits und kämpfte mit der Welt, wie sie es getan hatte. Wenn es nur schon drei Uhr wäre. Sie sah sich, wie sie auf ihn zulief und ihm die Arme um den Hals warf. »Mein Schatz! Natürlich werden wir siegen. Liebst du mich noch? Ach, ich war einfach unausstehlich in letzter Zeit.«

Ein Feuer

»Max, du Satansbraten, du brichst dir noch das Genick, wenn du so die Bahn hinunterrast. Laß es gut sein, und komm mit mir zum Klubhaus, wir trinken einen Kaffee.«

»Ich habe genug für heute. Ich bin naß bis auf die Knochen. Gib mir lieber eine Zigarette, Victor, alter Junge. Wann gehst du nach Hause?«

»Frühestens in einer Stunde. Es ist schön heute nachmittag, und ich komme langsam in Form. Paß auf, geh von der Bahn; da kommt Fräulein Winkel. Verdammt elegant, wie sie ihren Schlitten lenkt.«

»Ich bin völlig durchgefroren. Das ist das schlimmste hier – der Nebel – die feuchte Kälte. He, Forman, kümmer dich um den Schlitten – und stell ihn so hin, daß ich ihn morgen früh nicht unter hundertfünfzig anderen suchen muß.«

Sie setzten sich an einen kleinen runden Tisch nahe beim Ofen und bestellten Kaffee. Victor räkelte sich auf dem Stuhl, tätschelte seinen kleinen, braunen Hund Bobo und sah Max mit einem Lächeln an.

»Was ist los mit dir, mein Lieber? Ist dir eine Laus über die Leber gelaufen?«

»Ich will nur noch Kaffee, und ich würde am liebsten meine Füße in die Hosentaschen stecken – die sind die reinsten Eisklumpen ... Nichts zu essen, danke – der Kuchen hier schmeckt wie halbgarer Radiergummi.«

Fuchs und Wistuba kamen herein und setzten sich zu ihnen an den Tisch. Max drehte ihnen halb den Rücken zu und streckte die Füße zum Ofen. Die drei anderen Männer begannen alle gleichzeitig zu reden – über das Wetter – über Rekorde auf der Rodelbahn – über das Eis auf dem Waldsee und daß er ideal zum Schlittschuhlaufen sei.

Dann sah Fuchs zu Max hin, hob die Brauen und nickte Victor zu, der den Kopf schüttelte.

»Unserem Kleinen geht es nicht gut«, sagte er und fütterte seinen braunen Hund mit Zuckerstückchen, »er darf nicht gestört werden – ich bin die Krankenschwester.«

»So geknickt kenne ich ihn ja gar nicht«, sagte Wistuba. »Ich habe immer geglaubt, er hätte das Glück für sich gepachtet. Vielleicht betet er auch nur zum lieben Gott, weil er ihn wieder einmal davor bewahrt hat, sich das Genick zu brechen. Es ist aber auch töricht, sein Leben so leichtfertig aufs Spiel zu setzen, ohne an die Folgen für die Nation zu denken.«

»Halt die Klappe«, sagte Max. »Laß dich im Kinderwagen im Schnee rumfahren.«

»Du bist doch nicht etwa beleidigt? Ach, hab dich nicht so … Wie geht es deiner Frau, Victor?«

»Nicht so gut. Sie hat sich am Kopf verletzt, als sie am Sonntag mit Max die Rodelbahn runtergefahren ist. Ich habe ihr geraten, heute zu Hause zu bleiben.«

»Das tut mir leid. Geht ihr in die Stadt zurück, oder bleibt ihr noch hier, Jungs?«

Fuchs und Victor sagten, sie wollten noch bleiben – Max antwortete nicht, sondern saß nur reglos da, während die drei anderen ihren Kaffee bezahlten und den Raum verließen. Victor kam noch einmal kurz zurück und legte ihm eine Hand auf die Schulter.

»Wenn du gleich gehst, mein Lieber, dann sieh doch bitte bei Elsa vorbei und sag ihr, daß ich erst spät nach Hause komme. Und iß heute abend mit uns bei Luitpold, ja? Und trink einen heißen Grog, wenn du nach Hause kommst.«

»Danke, alter Junge, ist schon in Ordnung. Ich gehe jetzt.«

Er stand auf, streckte sich, knöpfte seinen schweren Mantel zu und zündete sich noch eine Zigarette an.

Von der Tür aus sah ihm Victor nach, wie er durch den schweren Schnee stapfte – mit gesenktem Kopf – die Hände in den Taschen – fast sah es aus, als renne er durch den schweren Schnee zur Stadt.

* * *

Jemand kam die Treppe heraufgepoltert – blieb vor der Tür ihres Wohnzimmers stehen und klopfte.

»Bist du es, Victor?« rief sie.

»Nein, ich bin's ... Darf ich reinkommen?«

»Natürlich. Oh, was für ein Weihnachtsmann! Häng deinen Mantel auf den Gang und klopf dich über dem Geländer aus. War es lustig?«

Das Zimmer war voller Licht und Wärme. Elsa, im weißsamtenen Teekleid, lag gemütlich auf dem Sofa – eine Modezeitschrift auf dem Schoß, neben sich eine Schachtel Sahnebonbons.

Die Vorhänge der Fenster waren noch nicht zugezogen, und ein blaues Licht drang herein, durchbrochen von den weißen Ästen der Bäume.

Das Zimmer einer Frau – voller Blumen und Photographien und seidener Kissen – der Boden bedeckt mit Teppichen – ein riesiges Tigerfell unter dem Klavier – nur der Kopf schaute hervor – schläfrig wild.

»Es ging«, sagte Max. »Victor kommt heute spät. Er hat mich gebeten, es dir zu sagen.«

Er begann auf und ab zu gehen – zog seine Handschuhe aus und warf sie auf den Tisch.

»Max, hör auf damit«, sagte Elsa, »schone meine Nerven. Ich habe bereits den ganzen Tag Kopfschmerzen; ich fühle mich fiebrig, als würde ich glühen … Sehe ich nicht aus, als würde ich glühen?«

Er blieb beim Fenster stehen und sah sie kurz über die Schulter an.

»Nein«, sagte er; »ist mir nicht aufgefallen.«

»Du hast mich ja gar nicht richtig angesehen, und ich habe auch ein neues Kleid an.« Sie raffte den Stoff ihres Nachmittagskleids und klopfte dann auf den Platz neben sich.

»Komm, setz dich zu mir und erzähl mir, warum du so unartig bist.«

Doch er schlug nur den Arm vor die Augen.

»Ach«, sagte er, »es geht nicht. Ich kann nicht mehr – ich halte es nicht mehr aus – ich bin am Ende.«

Stille im Zimmer. Die Modezeitschrift fiel mit einem kurzen Blätterrascheln auf den Boden. Elsa richtete sich auf, die Hände im Schoß gefaltet; ein seltsames Licht glomm in ihren Augen, blutrot leuchtete ihr Mund.

Dann sprach sie sehr ruhig.

»Komm her und erklär dich. Ich weiß beim besten Willen nicht, wovon du sprichst.«

»Du weißt es ganz genau – du weißt es besser als ich. Du hast dich in meinem Beisein mit Victor vergnügt, nur damit ich mich elend fühle. Du hast mich gequält – du hast mich betrogen – mich mit Versprechungen hingehalten. Du hast mich von Anfang an eingewickelt, wie die Spinne die Fliege – und ich habe es die ganze Zeit gewußt – und die ganze Zeit habe ich nichts dagegen unternehmen können.«

Entschlossen drehte er sich um.

»Als du mich gebeten hast, eine Blume an dein Abendkleid zu stecken – als du mich in dein Schlafzimmer gebeten hast, als Victor nicht da war, während du dich frisiert hast – als du so getan hast, als seist du ein kleines Mädchen und müßtest dich von mir mit Trauben füttern lassen – als du zu mir gerannt kamst und in meinen Taschen nach einer Zigarette gesucht hast – obwohl du ganz genau wußtest, wo sie waren – und du trotzdem jede einzelne Tasche durchsucht hast – und ich wußte es auch – und ich habe das Spiel mitgespielt – was hast du da erwartet, nachdem du dein kleines Freudenfeuer entfacht hast, daß du es jetzt glücklich und zufrieden genießen kannst – daß du verhindern kannst, daß das ganze Haus in Flammen aufgeht?«

Sie wurde plötzlich bleich und zog heftig den Atem ein.

»Sprich nicht so mit mir. Du hast kein Recht, so zu mir zu reden. Ich bin die Frau eines anderen Mannes.«

»Ha«, höhnte er und warf den Kopf zurück, »jetzt auf einmal; das ist deine Trumpfkarte, die du die ganze Zeit im Ärmel hattest. Du liebst Victor nur wie die Katze die Milch liebt – du, das kleine ausgehungerte Kätzchen, dem er alles gibt, das er an seinem Busen hegt, nicht ahnend, daß diese kleinen rosa Krallen einem Mann das Herz herausreißen können.«

Sie zuckte zusammen, blickte ihn fast mit Furcht in den Augen an.

»Aber dies ist immer noch mein Zimmer« – unsicher – »ich muß dich bitten zu gehen.«

Doch er taumelte auf sie zu, sank neben dem Sofa auf die Knie, vergrub seinen Kopf in ihrem Schoß, umklammerte ihre Taille mit den Armen.

»Und ich *liebe* dich – ich liebe dich; das ist das Demütigende – ich bete dich an. Nicht – nicht – laß mich nur einen einzigen Augenblick so bleiben – nur einen Augenblick meines Lebens – Elsa! Elsa!«

Sie lehnte sich zurück und drückte den Kopf in die Kissen.

Dann seine erstickte Stimme: »Ich fühle mich wie ein Wilder. Ich begehre dich mit Haut und

Haaren. Ich möchte dich in eine Höhle schleppen und dich lieben, bis ich dich umbringe – du kannst einfach nicht verstehen, wie ein Mann fühlt. Ich bringe mich selbst um, wenn ich dich sehe – ich ertrage nicht länger die Macht in mir, die sich gegen sich selbst wendet und stirbt, und dann wie ein Phönix aus der Asche aus diesem entsetzlichen Tod wieder aufersteht. Liebe mich nur dieses eine Mal, lüg mir etwas vor, *sag*, daß du es tust – du lügst doch auch sonst.«

Doch sie stieß ihn nur weg – erschrocken.

»Steh auf«, sagte sie; »überleg doch, wenn das Mädchen mit dem Tee hereinkommt!«

»O mein Gott!« Er kam wankend auf die Füße, stand da und starrte auf sie hinunter.

»Du bist durch und durch verderbt, und ich bin es auch. Aber du bist so verteufelt schön.«

Die Frau ging hinüber zum Klavier – blieb dort stehen – schlug mit gerunzelter Stirn eine Taste an. Dann zuckte sie die Schultern und lächelte.

»Ich will dir etwas gestehen. Jedes Wort, das du gesagt hast, ist wahr. Ich kann nicht anders. Ich brauche Bewunderung ebensosehr, wie eine Katze es braucht, gestreichelt zu werden. Das ist meine Natur. Ich bin zur falschen Zeit geboren. Und doch bin ich keine *gewöhnliche* Frau, verstehst du. Ich mag es, wenn Männer mich anbeten – mir schmeicheln – sogar mich körperlich begehren – aber ich würde mich nie einem Mann hingeben. Ich würde mich nicht einmal von einem Mann küssen lassen … niemals.«

»Um so schlimmer – dein Verhalten läßt sich durch nichts entschuldigen. Jede Hure hat mehr Herz!«

»Ich weiß«, sagte sie, »ich weiß es nur zu gut – aber so bin ich nun einmal … Du gehst?«

Er zog seine Handschuhe an.

»Und was wird nun aus uns werden?« fragte er.

Wieder zuckte sie die Schultern. »Ich weiß es nicht. Ich weiß es nie – ich lasse die Dinge einfach auf mich zukommen.«

* * *

»So ganz allein?« rief Victor. »War Max da?«

»Er ist nur kurz geblieben, wollte nicht einmal Tee. Ich habe ihn nach Hause geschickt, damit er sich umzieht … Er war entsetzlich langweilig.«

»Mein Schatz, dein Haar löst sich. Ich stecke es dir hoch, halt einen Augenblick still … du hast dich also gelangweilt?«

»Hm-hm – schrecklich … Au, du hast deiner Frau eine Haarnadel direkt in den Kopf gebohrt – du unartiger Junge!«

Sie warf die Arme um seinen Hals und sah zu ihm auf, lachend, ein schönes, zärtliches Kind.

»Mein Gott! Was für eine Frau du bist«, sagte der Mann. »Du machst mich so verdammt stolz – Liebste, daß … daß du's nur weißt!«

Anhang

Katherine Mansfield
in einer deutschen Pension

1909

um 1930

heute

Editorische Notiz

Als Textgrundlage dienten ›The Complete Stories of Katherine Mansfield‹ (Auckland: Golden Press 1974), ein Nachdruck der von John Middleton Murry herausgegebenen ›Collected Stories of Katherine Mansfield‹ (London: Constable 1945), ergänzt um die 1972 erstmals erschienene Erzählung ›Brave Love‹.

Vergleichend hinzugezogen wurde die von Antony Alpers herausgegebene historisch-kritische Ausgabe ›The Stories of Katherine Mansfield‹ (Auckland: Oxford University Press 1984) mit ihrem unverzichtbaren Kommentar.

Zu Leben und Werk der Autorin: Antony Alpers, ›Katherine Mansfield: A Biographie‹ (London: Jonathan Cape; New York: Viking 1980) sowie Claire Tomalin: ›Katherine Mansfield: A Secret Life‹ (New York: Viking 1987), außerdem die von B. J. Kirkpatrick besorgte ›Bibliography of Katherine Mansfield‹ (Oxford: Clarendon 1989).

Biographische Daten

1888: K. M. wird am 14. Oktober als Kathleen Mansfield Beauchamp (Mansfield nach dem Mädchennamen der Großmutter mütterlicherseits) in Wellington, in Neuseeland, geboren.

1903–1906: Zusammen mit ihren zwei älteren Schwestern besucht K. M. das Queen's College, eine Höhere-Töchter-Schule in der Harley Street, in London.

1907–1908: Zurück in Wellington entsteht erste Kurzprosa (›The Tiredness of Rosabel‹); im August 1908 kehrt sie – gegen den Wunsch der Eltern – allein zurück nach London.

1909: Liebesverhältnis mit Garnet Trowell. Am 2. März Heirat mit George Bowden. Aufenthalt im bayerischen Wörishofen, wo sie eine Fehlgeburt erleidet. Sie schreibt ›The Child-Who-Was-Tired‹; die ersten Pensionsgeschichten entstehen.

1910–1912: Ihre Texte erscheinen in der fortschrittlichen Londoner Wochenzeitung ›The New Age‹. K. M. erkrankt an Bauchfellentzündung, muß sich operieren lassen; Reisen nach Brügge und Genf (›The Journey to Bruges‹); Ende 1911 erscheint ihr erstes Buch: *In a German Pension*, das große Beachtung findet.

1912–1914: Beginn ihrer Beziehung zu John Middleton Murry, Herausgeber der Zeitschrift ›Rhythm‹, in der K. M.s Texte nun erscheinen. Beginn ihrer Freundschaft mit D. H. Lawrence; nach der Lektüre von ›Sons and

Lovers‹ beginnt K. M. einen autobiographischen Entwicklungsroman (›Maata‹), der Torso bleibt. Im Dezember 1913 ziehen K.M. und Murry nach Paris, kehren aber nach wenigen Monaten nach London zurück. K.M. will sich von Murry trennen.

1915 – 1916: K.M. reist mehrfach allein nach Paris (›Something Childish but very Natural‹, ›The Little Governess‹, ›An Indiscreet Journey‹). Reist Ende 1915 nach Südfrankreich, nach Bandol bei Marseille (Villa Pauline); ›The Aloe‹ entsteht hier. Murry lebt einige Monate bei ihr. Im April 1916 ziehen beide nach Cornwall (zu Frieda und D.H. Lawrence), wo es K.M. nur kurz hält; sie zieht in Garsington Manor der Lady Ottoline Morrell (bei Oxford) ein; lernt Bertrand Russell kennen, den jungen Aldous Huxley, die Malerin Dorothy Brett.

1917: K.M. lernt Virginia Woolf kennen. Ihre Erzählung ›Prelude‹ (eine überarbeitete, gekürzte Fassung von ›The Aloe‹) erscheint als Einzelpublikation in der Hogarth Press von Leonard und Virginia Woolf. Im Dezember erneut krank; es wird Tuberkulose diagnostiziert; K.M. reist auf ärztlichen Rat mit ihrer Freundin Ida Baker nach Südfrankreich. Ihre berühmtesten Texte entstehen fortan im Ausland.

1918 – 1920: Sie schreibt ›Je ne Parle pas Français‹ und ›Bliss‹ in Bandol. Am 3. Mai heiratet sie Murry; beide ziehen nach Hampstead im Londoner Nordwesten; K.M. erneut krank (Rippenfellentzündung). Anne Estelle Rice lädt sie nach Cornwall ein, malt sie im roten Kleid. Anfang 1919 wird Murry Herausgeber der Zeitschrift ›Athenaeum‹, für die K.M. fortan als Literaturkritikerin arbeitet. Verbringt den Winter 1919 in der Nähe von San Remo und den Winter 1920 in Menton an der Côte d'Azur

(Villa Isola Bella); hier entstehen ›Miss Brill‹, ›Poison‹, ›The Daughters of the Late Colonel‹, ›Life of Ma Parker‹. Im Dezember erscheint, von Murry herausgegeben, ihre zweite Erzählungssammlung: *Bliss*, die wieder große Beachtung findet.

1921 – 1923: Im Sommer reist K. M. mit Ida Baker in die Schweiz, nach Genf und nach Montana-sur-Sierre im Rhône-Tal (Chalet des Sapins); Murry besucht sie. Sie erlebt eine Phase großer Produktivität; Zeitschriften fragen bei ihr an; sie schreibt sechs Geschichten für ›Sphere‹: ›Sixpence‹, ›Mr. and Mrs. Dove‹, ›An Ideal Family‹ u. a., außerdem ›At the Bay‹, ›The Voyage‹, ›A Married Man's Story‹ und *The Garden Party*, die ihrer neuen, 1922 erscheinenden Erzählungssammlung den Titel gibt. Im Februar 1922 reist sie nach Paris, um sich einer Röntgenbehandlung zu unterziehen (›The Fly‹ entsteht); trifft James Joyce; im Mai wieder nach Sierre. Reisen nach London, wieder nach Paris und schließlich nach Avon bei Fontainebleau, wo K. M. sich im Oktober zu Heilungszwecken in das »Institut für die harmonische Entwicklung des Menschen« von George Gurdjieff begibt (ihr früherer Mentor, der ehemalige ›New Age‹-Herausgeber A. R. Orage, ist ebenfalls dort). Hier stirbt sie am 9. Januar im Alter von vierunddreißig Jahren nach einem Blutsturz. Postum erscheint 1923 *The Doves' Nest* mit Geschichten und Fragmenten, herausgegeben von John Middleton Murry.

1924: Something Childish and other stories, ein letzter Erzählungsband erscheint.

Anmerkungen zu den Texten in der Chronologie ihrer Erstveröffentlichung

The Child-Who-Was-Tired: Zuerst in ›New Age‹, 24. Februar 1910. – Ausgerechnet die erste von ›New Age‹-Herausgeber A.R. Orage ausgewählte Geschichte war nur sehr wenig echte Mansfield und sehr viel mehr echter Tschechow. Den bis dahin in Europa noch wenig bekannten Autor dürfte K.M. in Bad Wörishofen durch den Polen Floryan Sobieniowski kennengelernt haben. ›The Child-Who-Was-Tired‹ ist eine deutliche Adaption von Tschechows ›Spat chotschetsja‹ (›Schlafen‹). Zum Plagiatsvorwurf kam es erst 1951 in den Leserbriefspalten des ›Times Literary Supplement‹.

Germans At Meat: Zuerst in ›New Age‹, 3. März 1910. – »Tautreten«: Teil der von Sebastian Kneipp begründeten Hydrotherapie; Kneipps Wirkungsstätte war ab 1855 das kleine Dörfchen Wörishofen, das sich bald zur Hochburg der Anhänger alternativer Heilmethoden entwickelte (ab 1920 Bad Wörishofen). – »Angst vor einer Invasion«: Die Möglichkeit eines deutschen Überfalls beschäftigte die britische Öffentlichkeit und sorgte für eine regelrechte Invasions-Literatur. Bei dem Theaterstück, auf das der Reisende anspielt, handelt es sich um ›An Englishman's Home‹, das Werk eines anonymen »Patrioten«, das im Januar 1909 ein Westend-Kassenschlager war und auch international gespielt wurde (die Berliner Premiere mußte allerdings abgebrochen werden.) Der junge P. G. Wodehouse parodiert es in ›The Swoop! or how Clarence saved England: A Tale of the Great Invasion‹. Fünf Jahre später folgte auf die Farce die Tragödie. – »Mahlzeit«: im Original so.

The Baron: Zuerst in ›New Age‹, 10. März 1910.

The Luft Bad: Zuerst in ›New Age‹, 24. März. 1910. – Der Schlußsatz (»Not that I am in the least ashamed of my legs«) erschien schamhaft um seine drei letzten Wörter gekürzt.

At ›Lehmann's‹: Zuerst in ›New Age‹, 7. Juli 1910. – »Mindelbau«: bewußte oder unbewußte Verballhornung von »Mindelau«; s. Anm. zu ›Frau Fischer‹. – »Luitpold«: im Druck »Snipold's«; Alpers macht einen Satzfehler glaubhaft; gemeint: das Café Luitpold in Wörishofen.

Frau Brechenmacher Attends a Wedding: Zuerst in ›New Age‹, 21. Juli 1910. – Im letzten Monat ihres Aufenthalts in Wörishofen, im Dezember, wohnte K. M. im Haus des Postbeamten Johann Brechenmacher.

The Sister of the Baroness: Zuerst in ›New Age‹, 4. August 1910.

Frau Fischer: Zuerst in ›New Age‹, 18. August 1910. – »Dorschhausen«: eines der umliegenden Dörfer, die – wie Schlingen oder Mindelau – Zimmer an die immer zahlreicheren Kurgäste von Wörishofen vermieteten.

A Birthday: Zuerst in ›New Age‹, 18. Mai 1911. – Um sich in die Reihe der deutschen Geschichten zu fügen, wurde ›A Birthday‹ für den Druck notdürftig mit deutschen Namen drapiert (»Binzer« hieß ein Schuhmacher in Wörishofen, der Gesundheitssandalen verkaufte). Tatsächlich porträtiert K. M. in dieser Geschichte ihren Vater und schildert ihr Geburtshaus in Wellington. Für deutsche Leser ergibt sich ein leicht surrealer Effekt.

The Modern Soul: Zuerst in ›New Age‹, 22. Juni 1911.

The Advanced Lady: Zuerst in ›In a German Pension‹, Dezember 1911. – »Schlingen«: Nach Antony Alpers wurde der Ort von Kurgästen aufgesucht, die der strengen Kneipp-Diät überdrüssig waren und sich hier den Bauch vollschlugen (nomen est omen).

The Swing of the Pendulum: Zuerst in ›In a German Pension‹. – »Casimir«: Vorbild für diese Figur scheint Floryan Sobieniowski gewesen zu sein, mit dem K. M. in Wörishofen eine Liebesbeziehung hatte und auf dessen Durchbruch als Schriftsteller sie hoffte.

A Blaze: Zuerst in ›In a German Pension‹. – »Luitpold«: Im Druck »Limpold«; verbessert bei Alpers; s. Anm. zu ›At Lehmann's‹.

Nachwort

Sie liebte dramatische Auftritte, setzte sich gern in Szene und schlüpfte in vielerlei Rollen; sie nannte sich Kass, Tig, Sally, Julian Mark, Elizabeth Stanley oder Matilda Berry, und als die zwanzigjährige Kathleen Mansfield Beauchamp – die als Katherine Mansfield zu Weltruhm gelangen sollte – sich im Mai 1909 ins Gästebuch des Hotels Kreuzer im bayerischen Kurort Wörishofen eintrug, zeichnete sie mit: »Käthe Beauchamp-Bowden, Schriftstellerin«.

Mochte sie damit auch keinen Aufruhr ausgelöst haben wie die vermeintliche »Schwester der Baronin« (in der gleichnamigen Geschichte) bei ihrer Ankunft – ein bewußter Akt von Hochstapelei war es allemal. Zehn Monate zuvor hatte sie das heimatliche Wellington in Neuseeland verlassen, mit dem erklärten Ziel, Künstlerin zu werden – als Musikerin, Cellistin, so war der Plan, der dann zugunsten der Schriftstellerei fallengelassen wurde –, doch veröffentlicht hatte sie bislang noch nichts. Statt dessen hatte sie sich in London verlobt, mit Garnet Trowell, dem Sohn ihres Cellolehrers, war von ihm schwanger geworden, hatte überstürzt geheiratet, allerdings nicht Trowell, sondern einen Gesangslehrer, George Bowden, den sie noch in der Hochzeitsnacht verließ. Im Mai 1909 reiste die Mutter an, expedierte die im fünften Monat Schwangere nach Bayern, reiste umgehend nach Neuseeland zurück, um sogleich die mißratene Tochter zu enterben.

Kathleen zog nach wenigen Tagen in die Pension Müller (wo sie jenes in ›Frau Fischer‹ beschriebene Zimmer mit dem kratzigen Sofa bezog); Ende des Monats erlitt sie eine Fehlgeburt. – Fast ein halbes Jahr sollte sie in Wörishofen verbringen. Als sie Ende Dezember 1909 nach England zurückkehrte, hatte sie bereits einige Geschichten im Gepäck. Sie zeigte sie ihrem Noch-Ehemann (der seit März nichts vom Verbleib der Gattin gehört hatte), und Bowden vermittelte ihr den Kontakt zu A. R. Orage, Herausgeber der Wochenzeitung ›New Age‹; hier erschienen Texte von Shaw, Belloc, Chesterton, Wells – und ab Februar 1910 von Katherine Mansfield, die sich von nun an auch so nannte. Es war Orage, der dem Verleger Charles Granville eine Buchpublikation mit Katherine Mansfields deutschen Geschichten vorschlug, die dieser im Dezember 1911 in seinem Verlag Stephen Swift herausbrachte. – Das Echo war groß, man lobte den Witz, die Ironie, den Realismus und die ganz eigene Sparsamkeit der Mittel. Der Grundstein für ihren literarischen Ruhm war gelegt. Katherine Mansfield, Schriftstellerin, war in England angekommen.

* * *

Man hat die frühen Pensionsgeschichten von Katherine Mansfield zuweilen Satiren genannt (und sie damit abgewertet gegenüber den ernsteren, späteren Texten). Versteht man unter Satire die Darstellung falscher Lebensweise von höherer Spötterwarte aus, dann ist dieser Begriff fehl am Platz. Hier herrscht keine satirische Distanz, im Gegenteil: Die Erzählerin beteiligt sich lustvoll an dem Unfug, den ihre Heldinnen und Helden zuweilen treiben. Sie genießt den Triumph, das Geheimnis des Barons gelüftet zu haben, bemüht sich, im Fall der vermeintlichen Baronesse die Geschicke zugunsten des Bonner Studenten zu lenken und leiht überdies ihren Figuren viel zu viel von sich selbst: der »modernen Seele«, die so eigentümlich »sapphisch fühlt«, Stimmungsschwankungen unterworfen ist und unter der Fuchtel der Mutter leidet, ebenso wie der »fortschrittlichen Dame«, die mit der Prosaform ringt und von einer pantheistischen Liebe spricht, wie dies die Autorin zuweilen auch in ihren Briefen und Tagebuchnotizen zu tun pflegte.

Nicht mit Satiren haben wir es zu tun, wohl aber mit Humoresken. Der literarische Humor führt nicht vor; er gestaltet auf komische Weise einen Widerspruch – jenen von Anspruch und Wirklichkeit. Humor macht sich nicht lustig über den erhabenen Anspruch der jungen Godowska, er macht sich lustig über das klägliche Scheitern am unwürdigen Detail – das in diesem Fall eine Sicherheitsnadel ist. Friedrich Theodor Vischer hat einen ganzen Roman solchen Widrigkeiten gewidmet, den zur Unzeit abspringenden Knöpfen und den im unpassenden Moment einsetzenden Hustenanfällen; auf ihn geht der Begriff von der »Tücke des Objekts« zurück. Und Vischer beschrieb damit die eigentliche Tragödie des Menschen, daß er zur Tragödie so wenig taugt und zur Komödie verdammt sei. Der tragische Held fällt auf die Knie; der komische auf die Kniescheiben. Womit der Humor sich als zweckdienliches Mittel realistischen Erzählens bestens empfiehlt.

* * *

Doch was die komischen wie die ernsten Texte in dieser Sammlung eint, ist ein gemeinsames Motiv. Nicht die deutsche Landschaft, die mindestens in einem Fall (›Ein Geburtstag‹) auch nur allzu vordergründig ist. Es ist die Sexualität, genauer: die weibliche Sexualität. Nicht nur die »freie Liebe« ist zu Beginn des zwanzigsten Jahrhunderts ein heiß diskutiertes Thema, auch der Begriff »Vergewaltigung in der Ehe« taucht auf. Das Mutterglück verliert an Glanz, die Institution der Ehe gerät ins Wanken.

»Wir sind eine so glückliche Familie, seit mein lieber Mann gestorben ist«, sagt die Pensionsbesitzerin. Auffällig viele, auffällig fröhliche Witwen bevölkern das Wörishofen der Katherine Mansfield, Frauen, die bei ihrer Ankunft im Kurort als erstes das Korsett ablegen. Um 1909 war der ›Tanz der Salome‹ eine überall anzutreffende Varieté-Nummer, eine frühe Form des Striptease unter Verwendung von sieben Schleiern und einem Pappmachékopf. Und am Ende zeigte sich genau dies: eine von den gesellschaftlichen Zwängen befreite nackte Frau – und ein toter Mann.

Katherine Mansfield war nach Europa gekommen, um Künstlerin zu werden. In welcher Sparte, das stand noch nicht fest, doch was das Künstlerinnendasein ausmachen sollte, war klar umrissen – sie wollte ein selbstbestimmtes Leben als Frau führen. Das war das Ziel. Dem ging sie nach, mit ihrem Werk.

H. A.

Über Katherine Mansfield

»Käthe Beauchamp-Bowden, Schriftstellerin«

Deutscher Eintrag ins Gästebuch des Hotels Kreuzer in Bad Wörishofen, Mai 1909

»Ich muss streiten um vergessen zu können; ich muß bekämpfen, um mich selbst wieder achten zu können. Ich muss mich nützlich machen, um wieder an das Leben glauben zu können.
Ich *will* arbeiten, ich will *mit* dem Glück um die Zufriedenheit kämpfen.
Wir mussen jeder allein sein – allein arbeiten, allein kämpfen, um unsere Kraft, unsere Opferwilligkeit zu beweisen.«

KATHERINE MANSFIELD, Deutscher Eintrag ins Tagebuch, Wörishofen, Bayern, 4. Juli 1909

»Eine reizende literarische Neuheit von boshafter Naivität und mit satirischen Hieben auf die biederen Bayern. Einige Kapitel, die man eher bayerische Kurzgeschichten nennen könnte, sind auf gänzlich ungewöhnliche, in Form wie Inhalt eigenwillige Art geschrieben. Miss Mansfields Stil könnte man fast französisch nennen, ihre Beschreibungen werden die Leser an russische Meister wie Turguenieff erinnern.« *Klappentext zur Erstausgabe »In a German Pension«, London, Dezember 1911*

»Eines kann ich nicht ertragen, und das ist das Mittelmaß.«

KATHERINE MANSFIELD an Garnet Trowell

»Die ersten Arbeiten der Autorin haben Deutschland in der Zeit vor dem Ersten Weltkrieg zum Schauplatz. In Momentaufnahmen werden Charakter, Verhalten und Äußerungen der spießbürgerlichen Gäste in der ›Pension Müller‹ festgehalten. Viel von den bitteren persönlichen Erfahrungen Katherine Mansfields, die nach dem Scheitern ihrer ersten Ehe 1909 in Bad Wörishofen eine Totgeburt hatte, ist in diese saririschen, oft boshaft karikaturistischen Skizzen eingeflossen. Ihre Absicht, Impressionen, nicht Ereignisse zu vermitteln, verwirklicht die Autorin, indem sie in äußerst knapper Sprache Einzelmerkmale des Milieus und der Charaktere scharf belichtet und Unterhaltungen fast kommentarlos wiedergibt. Die Autorin distanzierte sich später von ihrem Erstlingswerk, das, wie sie erklärte. ›viel zu unreif‹ und von ›jugendlicher Bitterkeit‹ und ›grobem Zynismus‹ geprägt sei. Während des Ersten Weltkriegs verhinderte sie eine Neuauflage, um nicht aus der in England herrschenden Deutschfeindlichkeit Kapital zu schlagen. Als frühe Zeugnisse einer Stilkunst, durch die Katherine Mansfield zur Wegbereiterin der modernen englischen *short story* wurde, gehören auch diese Geschichten zu den klassischen Beispielen ihrer Gattung.«

JÖRG DREWS, Kindlers Literatur Lexikon

In Vorbereitung:

KATHERINE MANSFILED
Gesammelte Kurzgeschichten
und Erzählungen

IN EINER DEUTSCHEN PENSION
(In a German Pension)
Deutsch von Ute Haffmans

GLÜCKSELIGKEIT
(Bliss)
Deutsch von Sabine Lohmann

DAS GARTENFEST
(The Garden Party)
Deutsch von Sabine Lohmann

DAS TAUBENNEST
(The Doves' Nest)
Deutsch von Heiko Arntz

ETWAS KINDLICHES
(Something Childish)
Deutsch von Heiko Arntz